Las despedidas

A*

Jacobo Bergareche

Las despedidas

Libros del Asteroide

Primera edición, 2023
Quinta reimpresión, 2026

Poema de la página 43: fragmento de «Lo que no es sueño», de Claudio Rodríguez.

Imagen de la cubierta: *Were I End and You Begin*, © Eric Zener
Fotografía del autor: © Coco Dávez

Publicado por Libros del Asteroide S.L.U.
Santaló, 11-13, 3.° 1.ª
08021 Barcelona
España
www.librosdelasteroide.com

ISBN: 978-84-19089-44-1
Depósito legal: B. 14936-2023
Impreso por Kadmos
Impreso en España - Printed in Spain
Diseño de colección: Enric Jardí
Diseño de cubierta: Duró

Este libro ha sido impreso con un papel ahuesado, neutro y satinado de ochenta gramos, procedente de bosques correctamente gestionados y con celulosa 100 % libre de cloro, y ha sido compaginado con la tipografía Sabon en cuerpo 11.

a Belén y a Luisa Matienzo, por afinarme
a Miguel Olivares, por contarme sus historias
a Ignacio y Gola, por su jardín de Giudecca

a los que habéis hecho música en nuestra cocina:
Licha, Rodrigo, Jorge y Leonor, Nacho,
Leo y Ben Sidran, Claire y Mariano,
con enorme gratitud y ganas de más canciones

... sino yo, triste, cuitado,
que vivo en esta prisión,
que ni sé cuándo es de día,
ni cuándo las noches son,
sino por una avecilla
que me cantaba al albor.

«Romance del prisionero», Anónimo

1

Estaba casi seguro de que era ella. No la hubiera reconocido a la primera, los años claramente estaban tratándola peor que a él, le habían pasado por encima igual que a los perros, de siete en siete. Sus tatuajes estaban descoloridos como un dibujo a tinta en un papel mojado. Su piel, quemada por el sol, le colgaba de sus brazos tres tallas más grande, y sin embargo en la cara le faltaban un par de tallas, ahí la piel se le pegaba a los pómulos y parecía que le hubieran envasado el cráneo al vacío. La melena, desordenada y enredada, estaba ya completamente gris. Pero ella seguía teniendo aquel brillo vivaz en esos ojos inquietos que se detenían a examinar con descaro los rostros de toda la gente que pasaba delante de ella, apoyados en una leve sonrisa que invitaba a cualquiera a sostenerle un rato la mirada y a corresponder con otra sonrisa. Y luego estaba ese rasgo tan improbable e inconfundible: un iris verde y otro marrón. Sí, Diego, sí: estaba claro, era ella.

Ella se había fijado en él un par de veces, pero no le había reconocido, y eso que estaban cerca, apenas habría cinco metros de distancia entre sus mesas. Él la buscó de vuelta con la mirada, para ofrecerle otra oportunidad de identificarle. Ella acabó por reírse, intrigada, encogió los hombros como diciendo, por qué me miras tanto, qué quieres de mí, y como él no hablaba, ella volvió la vista a un cuaderno donde escribía a trompicones y de vez en cuando garabateaba algo que no llegaba a ser un dibujo. No sigas, Diego, no te reconoce. Entonces llevabas barba para tapar tu cara de niño. Estabais cubiertos de polvo, totalmente disfrazados, cuando no ibais puestos de una cosa ibais de otra, y además a ti también te ha pasado el tiempo por encima. Cuánto. Diecisiete años. Y te ve sentado con una adolescente, llevas una guayabera de sastre, te quitas la barba porque ya la tienes más canosa que el pelo. No, Diego, no esperes que te reconozca.

—¿Quién es? —le preguntó Martina, al ver cómo su padre parecía hacer discretos intentos de establecer contacto visual con una extraña.

Cómo se lo explicas. Di que la conociste porque tenía su *motorhome* muy cerca del tuyo, y te quedaste con sus ojos, uno de cada color. Eso no se olvida. Hablasteis alguna vez, ahí se habla todo el rato con desconocidos, es parte del ambiente, uno va sobre todo a eso, y ella era simpática, pero no te acuerdas ni de su nombre. Fue cuando lo de tu primo, no estabas como para hacer muchos amigos, estabas hundido.

—Pues… no estoy seguro. Creo que es una… una que conocí la vez que fui a eso del Burning Man… Pero es demasiada casualidad, ¿no?

—Yo creo que sería más casualidad encontrarte a alguien del Burning Man en Albacete. Pregúntale.

Lo hubiera hecho, pensó, pero qué puedo decirle a ella delante de mi hija. ¿Te acuerdas de mí? No. Es evidente que no, necesita un poco de contexto. Y entonces qué. Soy el del Burning. 2006. Pasamos toda la semana follando, de día, de noche, de lo que nos ofrecieran. No, claro, de eso cómo te olvidas. Ni tampoco podrás haber olvidado los paseos, todo el rato de la mano, hacia el rincón más oscuro, hacia el primer rayo de luz, hacia la música, hacia el silencio, hacia la gente, lejos de la gente, hablando, cantando, mirándonos a los ojos. Lo compartimos todo, el plato, un vaso, el colchón, la ducha, la manta, el champú. Acabé mudándome a tu *motorhome*. Sabes quién soy. Lo sabes mejor que nadie, nos lo contamos todo, todo menos nuestros nombres, ese era tu juego. Pero delante de Martina qué puedo decir. *We were at the Burning Man, two thousand and six*, y la cara que pondrá en cuanto me reconozca, era de las que reía en alto como si quisiera que todo el mundo riera con ella, gritará seguro, no era de hablar bajo, *You! Oh my God! You!*, y Martina, que no pierde una, tirará del hilo y luego en cinco minutos llega Claudia con los mellizos y ahí qué. La cago seguro.

—Deja. Me está dando mucha pereza.

—¿Ligaste con una hippy?

—Qué tonterías dices.

Se le había salido la cadena de la bici, no sabía meterla de nuevo en el plato, tenía las manos sucias de grasa y se le pegaba el polvo y la arena. Diego se acercó, le quitó la bici de las manos suavemente, con una sonrisa, levantó del suelo la rueda de atrás y le enseñó la sencilla maniobra por la cual la cadena volvía a su sitio. Ella se quedó asombrada como si hubiera visto un truco de magia, le preguntó si era mecánico. Antes de que Diego pudiera contestar, ella le tapó la boca y le dijo que mejor no le contestara, le pidió que no le dijera su nombre, ni de dónde venía, ni dónde vivía, ni en qué trabajaba. Qué loca, pensó. Se rio, le lanzó una mirada interrogante: por qué esa extraña petición. Ella le dijo que era un experimento que andaba queriendo hacer con alguien, quizá con él, lo había leído en un foro de internet donde algunos comentaban que habían hecho eso mismo el año anterior en el Burning Man y les había encantado la experiencia. Tiene su lógica: conocer el nombre y el origen de la gente condiciona mucho una relación, la carga de prejuicios, y además cuando sabes que probablemente nunca más vas a ver a otra persona ni tienes manera de contactarla, uno se relaciona desde otro lugar, se abre más, sin miedo. Lo quiero hacer con alguien, me has caído bien. Diego se encogió de hombros, qué se habrá tomado esta. Mira: si respetas esa regla puedo dártelo todo, dijo ella. Qué es todo, preguntó Diego con la sonrisa que mejor resultado le daba en las distancias cortas. Ella solo le contestó con otra sonrisa, se quitó las gafas de sol para mirarle a los ojos fijamente, y él descubrió entonces que tenía uno de cada color. De repente sintió que lo quería todo de ella. A esto había venido, pensó, aquí empieza por fin este viaje, era el tipo de conversación que esperaba tener en un lugar así. Hasta entonces aquel festival le estaba pareciendo una farsa llena de altos ejecutivos impostores, disfrazados para la ocasión como él.

—Si te acuerdas de ella es por algo.

—Me acuerdo porque tiene un ojo de cada color. Eso es muy raro, no se ve todos los días.

—No me había dado cuenta... es difícil de ver —dijo Martina, mirándole a los ojos.

—Es que son verde y marrón, hay que acercarse más para verlo... pero no la mires tan descaradamente.

—Eso es que la tuviste muy cerca —dijo con una risita burlona.

—Qué tonta eres. Tenía su caravana cerca de la nuestra, y allí te hablas con todos los que están acampados a tu lado.

Claudia llegó a la terraza con los mellizos, como siempre los camareros la saludaron efusivamente al entrar y ella les ofreció esa sonrisa perfecta que últimamente Diego solo le conocía fuera de casa. Alzó la mano para que su mujer supiera dónde estaba. Ella vio su gesto, levantó la vista y miró a Claudia con curiosidad. Los años no pasaban por Claudia, ni siquiera le habían salido canas a su edad, seguía atrayendo miradas. A Diego siempre le complacía ver que aún había hombres que se volvían cuando ella pasaba para mirarle el culo, y el camarero de ese bar nunca fallaba. Pensaba ahora en todas esas noches en que al cerrar los ojos soñó escaparse con aquella mujer ajada que ahora observaba a Claudia entrar y que hoy parecía tanto mayor que ella y, sin embargo, Diego la recordaba mucho más joven que Claudia. Ella le sorprendió observándola, y le sonrió de nuevo. Él esquivó rápido su mirada, trató de sonreír a Claudia, pero le salió otro gesto que apenas simulaba una sonrisa. Veía en la cara de su mujer, que ya había dejado de sonreír para los camareros, ese gesto duro, el labio apretado. Va a estar así hasta el día de la fiesta, por favor que Martina no la provoque, por favor.

—¿Qué pedimos?

—Calamares —dijo Gonzalo.

—Bravas —dijo Lola.

—Las dos cosas —dijo Gonzalo.

Lola miró a su padre secundando la moción.

—No, luego no coméis, no te quiero contar lo que ha costado el mero —dijo Claudia—. Unas aceitunas.

—Para eso nos quedamos en casa —protestó Lola.

—Mamá, te juro que nos comemos hasta las espinas —aseguró Gonzalo.

—Que no. —Claudia se sacó un cigarrillo del bolso.

—¿Pero no lo dejabas el uno de agosto? —dijo Martina mirando con severidad a su madre—. Uy, uy, uy, a alguien le está fallando la voluntad.

—¿Quieres hablar de fuerza de voluntad? Hablemos de tus notas. De todos esos libros que ibas a leerte este año, del comedor social donde ibas a ayudar. ¿Por dónde empezamos?

—¿Podemos disfrutar del aperitivo? —dijo Diego.

—De qué aperitivo, si mamá no nos deja pedir nada —dijo Gonzalo.

Diego levantó la mano para llamar al camarero, pensó en una solución intermedia para no enfadar mucho más a Claudia ni tampoco desatar más quejas de sus hijos. Calamares sí, bravas no. Cerveza para él, coca-colas para sus hijos. Claudia no quería nada. Agua con gas era lo más parecido a nada.

Se hizo el silencio mientras esperaban a que volviera el camarero con el aperitivo. Claudia protestó: aún no habían llegado las antorchas ni los manteles. No teníamos que habérselo encargado a tu prima, te lo dije, Cuca lo hubiera hecho mil veces mejor. Diego le juró que llegarían a tiempo, cogería un avión para ir a por todo si hiciera falta, pero ella debía comprender que las cosas tardan más en llegar a una isla. Claudia no podía entender que ese telescopio, que jamás iba a usar y que era lo menos urgente de todo, llevara tres semanas tirado en algún rincón de la casa, cuatro paquetes inmensos que ni se había dignado abrir, mientras que la mitad de las cosas de la fiesta seguían por ahí perdidas en un barco que no llegaba nunca.

No entres al trapo con lo del telescopio, Dieguito, di que se olvide ya de la fiesta, que te encargas tú personalmente de que todo esté, que si hace falta llamas ahora mismo a tu prima por sexta vez.

Claudia celebró que por fin se encargara de algo más que de la música. Martina interrumpió a sus padres para proclamar como verdad revelada que la música y el alcohol eran lo único importante en una fiesta, si eso estaba bien, no hacía falta más, y si eso fallaba, daba igual el resto, por bien que estuviera. Diego no pudo evitar una sonrisa de aprobación: ha salido a mí, pensó. A Claudia no le hizo gracia, llevaba un mes entero preparando hasta el último detalle, y ahora resultaba que todo eso daba igual. Que lo único importante era la música y que la gente se mamara. Se le quitaban las ganas de dedicarle un solo minuto más a la fiesta. Llegaron los calamares y Gonzalo y Lola se tiraron al plato como pirañas. Diego se volvió y vio que *ella* ya no estaba. Se había levantado de su mesa tras pagar y había salido a la calle. Diego sacó el teléfono móvil del bolsillo y fingió que le entraba la importantísima e inaplazable llamada de un socio, sí, me pillas en Menorca, tomando un aperitivo con la familia... no, tranquilo, cuéntame... chicos, a ver si queda un calamar cuando vuelva.

Diego salió de la terraza y siguió con el teléfono en la oreja a la mujer de los ojos heterocromos, palabra que aprendió cuando volvió a Madrid y no pudo dejar de pensar en ella, *this has a very cool name*, *heterochromia iridum*, le dijo ella, lo tenía Alejandro Magno, aseguraba, la Wikipedia lo corroboraba.

Ella se asomó al muelle, emitió un sonoro silbido llevándose ambas manos a la boca y luego agitó los brazos, mirando a un viejo velero de unos treinta y ocho pies con un casco azul descolorido fondeado en la bahía. Un hombre delgado y de pelo largo tendía ropa en la botavara. Al oír el silbido, dio un salto ágil a una minúscula zódiac, soltó el cabo que la amarraba al velero y fue en busca de ella, hacia el muelle. Sería su marido, pensó, su novio, quién sabe. No parecía tan buena idea identificarse justo ahí, delante del hombre que estaba a punto de llegar al muelle, delante de Claudia, que no estaba del mejor humor, de Martina, que de alguna manera intuía que algo había pasado entre su padre y aquella mujer. Podría acercarse luego con el llaüt, a la hora de la siesta. ¿Y decirle qué? Que la vio en el bar y que pensó que era ella, pero no estaba seguro.

Según se acercaba la zódiac, Diego comprobó que no era un hombre, sino un adolescente con una melena negra, brillante. Solo llevaba un vaquero cortado a tijera, su cuerpo fibroso y delgado estaba tostado por lo que parecía una larga temporada bajo el sol. El chico extendió su brazo con la gracia de un bailarín de ballet para ayudar a la mujer a subirse en la zódiac, ella rio y le miró con cariño, saltó con cierta torpeza a la zódiac y él la sujetó para que no cayera al agua, la besó cuando estuvo sentada. Claramente debía de ser su madre, aunque no se parecía en nada a ella. Juntos volvieron al velero.

¿Habría un padre durmiendo la siesta en el barco? No

recordaba que ella le hubiera hablado jamás de navegación, ni del mar, y eso que habían hablado largas horas de todo lo que amaban en este mundo y de todo lo que desearían hacer y que todavía no habían hecho. Le había bastado la manera algo torpe en que ella se había subido a la zódiac para entender que no estaba del todo familiarizada con el mar. Para alguien que no ha navegado desde muy joven sería muy difícil llevar un velero de ese porte con la sola ayuda de un chico de quince, o de dieciséis, cuántos tendría, no era mucho mayor que Gonzalo. Cuando se conocieron ella no era madre, ni siquiera tenía pareja. Sería madre, decía, aún tenía tiempo, no necesitaba pareja para ello. Eso fue hace diecisiete años: el chaval tendría dieciséis años como máximo. Eso si ella era la madre biológica. Quizá fuera adoptado, podría ser mayor de dieciséis entonces. Podría incluso ser el hijo del matrimonio anterior del señor que seguramente estuviera durmiendo la siesta dentro del barco, o haciendo *windsurf* en la bahía, o nadando. O yendo en bici por Menorca. Ese señor que en definitiva capitaneaba ese barco y al que no le haría mucha ilusión encontrarse con él. O quizá sí, *honey, I want you to meet my friend, he's a local*, es una feliz coincidencia, había pasado ya mucho tiempo, el delito habría prescrito, al menos de cara a su marido. Pero a Claudia qué le vas a contar, no, mejor ni acercarse. No está el horno para bollos.

2

—Se lo ha cargado —dijo Claudia en cuanto Yamilé volvió a la cocina.

—No está malo —dijo Gonzalo.

—Está totalmente seco —dijo Claudia, comiendo con desgana.

—¿Podemos no estar todo el rato con comentarios negativos? —Para qué has dicho eso, te contestará mal, será peor.

—No confundas las cosas: no es un comentario negativo, es un comentario objetivo —dijo Claudia mientras regaba su pescado con el poco caldo que quedaba en la fuente.

Ha sido tu culpa además, le dijiste que invitara a gente del trabajo, a los clientes, a los socios. Te dijo que no, qué agobio, solo amigos, insistió, ella ya sabía que le iba a pasar esto. Siempre le pasa cuando mezclan amigos y trabajo, te lo dijo y tú lo forzaste, tienes que invitarles, es tu culpa: estará insoportable hasta el mismo día de la fiesta, hasta que le empiecen a decir lo bien que ha quedado la casa, lo bien que lo están pasando, y ni siquiera se relajará esa noche, será al día siguiente, cuando le lleguen las fotos, los mensajes, todo ha salido bien, cómo estaba todo de bonito. No habrá paz hasta después de la fiesta.

—Mamá, es que es verdad, solo te fijas en lo que sale mal —dijo Martina.

—¿Tú sabes lo que vale un mero de dos kilos? —Claudia buscaba con una mirada afilada los ojos de Martina, que se encogió de hombros y clavó la vista en el plato—. A vosotros os encanta que todo esté bien, y para eso a alguien le toca fijarse en lo que está mal, es un papel desagradable que por alguna razón me está reservado solo a mí. Un interruptor no funciona, soy yo la que se ocupa, la puerta del armario que no cierra, la humedad en el cuarto de Yamilé, yo soy la que se fija en esas cosas y las arregla después, pero claro, resulta que me fijo solo en lo malo. Qué cara más dura tenéis, me encantaría vivir como vosotros.

Las arregla el constructor. Y tú no te comes todas las peleas con él, ni los papeles del ayuntamiento, ni el atraque, ni el registro. No le contestes, Diego, es peor contestar.

No se habló mucho más en la comida. Diez minutos después solo quedaban Lola y Gonzalo sentados a la mesa, en silencio, escarbando con sus cucharas los restos de helado pegados a un recipiente de plástico casi vacío. Por favor, no hagáis ruido, no he pegado ojo esta noche, había dicho Claudia antes de tirarse a dormir la siesta en un sofá del salón con una manta muy fina. Martina había salido al jardín y estaba de espaldas al sol en una tumbona junto a la piscina, viendo vídeos en su móvil. Diego pasó delante de ella para decirle que acabaría con un melanoma y ella le pidió que no fuera igual de pesado que mamá.

Las cigarras sonaban fuerte, un levante repentino se había llevado el calor del mediodía y agitaba ruidosamente aquellos árboles jóvenes que apenas llevaban dos meses plantados en su jardín, las ramas chocaban unas con otras, las copas se doblaban, algunos frutos caían al suelo. Diego los miró preocupado, si ese levante aumentara de fuerza, arrancaría sus hojas, los desnudaría, y sin las hojas los arbolillos dejarían de alimentarse de luz, quién sabe si sus raíces habrían hallado agua, nutrientes, lo que fuera que un árbol de vivero trasplantado hacía un par de meses necesitara para afirmarse en aquel terreno, para prevalecer. Pensó en la posibilidad de que se secaran, de que acabara siendo un jardín de árboles muertos prematuramente, como extraños percheros clavados en la tierra. Julián le había dicho que era posible que alguno muriera el primer año. Claudia se lo echaría en cara, fue tu empeño, tu único empeño, yo te dije que dejaras lo que había, lo que da esta tierra, lo que crece solo, dos pinos, las sabinas, acebuches, la chumbera del fondo, pero no, tú querías darle un proyecto al inútil de Julián, y ahora hay que meter riego, y jardineros todo el año, y un vivero para traerte todo lo que no va a brotar aquí, tirar y tirar dinero para que Julián haga cinco fotos para sus redes y luego se desentienda, verás cómo al final me tocará a mí hacer que esto no sea un erial, el marrón me lo comeré yo.

No, eso no va a pasar, no voy a dejar que pase, piensa mientras acaricia la hoja fragante de una higuera y se huele la mano, tienen que aguantar al menos hasta la fiesta, una semana más, en una semana no van a morir. Se pasea entre ellos, los inspecciona, sabe perfectamente lo que ha costado cada uno de esos árboles, la suma de todos, puede ver la hoja de Excel en su mente, recuerda los números del jardín, pero solo reconoce la higuera, el limonero, el granado, los árboles que puede identificar por sus frutos, no consigue nombrar los otros, no consigue recordar aquella maqueta que hizo Julián con tanto esmero, y que ahora estaba cubierta por una funda en una esquina de su garaje en Madrid. La maqueta tenía un número junto a cada árbol, cada arbusto, cada parterre, y una leyenda para identificar cada planta por su nombre, además Julián le había impreso un cuaderno con el simbolismo de cada árbol, con la intención simbólica de todo el jardín en su conjunto, y Diego recordaba vagamente que era algo así como un jardín persa reinterpretado, el texto explicaba, en un lenguaje algo pomposo que sin duda le habría costado un gran esfuerzo a Julián, la historia de los jardines persas, empezaba aclarando que la palabra paraíso venía del persa, quería decir «jardín», y su jardín de Menorca debía ser su paraíso. Esa idea le había bastado a Diego para encargarle el proyecto a Julián, no le hacía falta descender a los detalles, no necesitaba saber más, le dijo a Julián, de hecho, no quería saber más, y sin embargo había más, *one more thing*, como diría Steve Jobs, dijo Julián: el capricho. Le mostró los planos de una pequeña estructura cilíndrica, pon atención, esto es importante, todo jardín con la suficiente categoría como para merecerse un nombre —en tu caso, si Claudia te lo permite, debería ser el jardín Olabe— debe tener un capricho, lo que los ingleses llaman *a folly* y los franceses *fabrique du jardin*, Julián no perdía la oportunidad de demostrar que había profundizado en su nueva vida de paisajista, que lo suyo con los jardines no era un interés pasajero, que había encontrado ya aquello que daba sentido a su vida.

El capricho es una pequeña construcción más ornamental que funcional, explicó, a veces con el aspecto de una vieja ruina abandonada y devorada por la vegetación, otras como templete romano, como pagoda, como la torre absurda de Rapunzel, y con esa introducción Julián desvelaba la guinda de aquel pastel, que consistía en construir al fondo de la parcela un faro en miniatura, pintado con la misma cinta negra que asciende serpenteando alrededor del faro de Favàritx, dentro habría una estrecha escalera de caracol metálica y arriba, en lugar de una luz, un mínimo balcón circular y cubierto donde Diego podría instalar el telescopio que siempre dijo que compraría para la casa de Menorca, y que ahora estaba metido en unas cajas de cartón en el sótano, aguardando a que acumulara la suficiente determinación como para ensamblarlo en lo alto de aquel faro miniatura al final del jardín que Claudia esperaba ver envuelto por alguna enredadera porque le parecía que tenía un acabado de *ninot* fallero, que por favor no le explicara a nadie eso tan pretencioso de que era un *garden folly* a la manera de los grandes jardines ingleses, porque daba cierta vergüenza escucharlo.

Claudia incluso podría tener razón en que aquel faro enano no había quedado como esperaban, podía verle el punto ridículo, Martina había sido cruel con sus comentarios. Quizá tenía que haber frenado un poco a Julián, haber intervenido mientras pudo, no le faltaron oportunidades, Julián le persiguió durante meses preguntándole si ya había leído el cuaderno del proyecto, si tenía comentarios o cambios, y él le contestaba siempre que lo había mirado por encima, que era muy interesante, justo lo que esperaba, pero que necesitaba tiempo para revisarlo y poder comentarlo bien. Le dijo que se lo leería con la atención debida en un viaje de trabajo que tenía próximamente y que hablarían del proyecto sin falta a su llegada, lo sacó para ojearlo en el avión de vuelta, pero le dio pereza leer, puso una película de superhéroes, después una comedia, se durmió y al llegar a Madrid se dio cuenta de que se lo había dejado en el avión, le dio apuro confesarlo, tampoco tenía sitio en la cabeza para más cosas, mejor así, fingiría haberlo leído, que todo le parecía bien, los árboles, el faro, que adelante, libertad total, confianza plena, él era el que sabía de jardines. Al volver de aquel viaje había quedado a cenar con Julián para hacerle comentarios del proyecto, pero se esmeró en emborracharle antes de que Julián pudiera sacarle el tema, y cuando trató de sacárselo le dijo, deja, no estamos ahora para hablar de eso, estoy seguro de que el jardín va a ser una maravilla, pero necesito olvidarme de la casa de Menorca, del curro y de todo, eres el único con el que puedo desconectar de todo, Julián sacó entonces su vaporizador de marihuana y le ofreció una calada, verás cómo desconectas con esto, y antes de fumar Diego le aseguró que a lo largo de la semana se lo leería bien y le contaría, ya no hablaron más del tema. Pasada esa semana tampoco comentó nada, simplemente le dijo que adelante, que el jardín lo iba a hacer él sí o sí, pero que estaba demasiado ocupado para supervisar si poner flores amarillas o rojas, que todo eso lo hablara con Claudia para que se quedara contenta ella también, de ese modo consiguió desviar toda decisión respecto al jardín a su mujer, que al cabo de unos meses acabó harta de Julián. Te empeñaste en contratarle y los dos sabíamos que iba a ser un desastre, yo no puedo con él, te encargas tú. Y no te encargaste, volviste a decirle: lo que diga Claudia. Estaba claro que todo iba a salir mal desde antes de empezar, pensó, pero no podría haber hecho otra cosa que no fuera dejar a Julián hacer el jardín que fuera capaz de proyectar, tenía que ayudarle porque a pesar de su incompetencia, había sido tan fiel a aquella determinación de dejar un trabajo que odiaba para empezar a vivir con sentido, dijo, que había arruinado su vida, y ahora no ganaba ni para salir a cenar una noche al mes ni para pagarle un colegio a su hija.

O quizás era todo al revés, pensó, quizás eres tú el que ha arruinado su vida por haberla seguido como si nada hubiera pasado. Y justo esa mañana aparece *ella* en Menorca, ella que se esforzó por saber todo lo que él necesitaba contar, ella que le acompañó hasta ese templo improvisado de madera, donde le enseñó la cajita que Julián y él habían colocado para el día de la gran pira, que engulliría esa caja y la haría cenizas junto con todas las otras miles de imágenes y recuerdos de los muertos de todos los que allí se congregaban. Esa caja de madera con una tapa de cristal, como un marco con profundidad, donde habían pegado al fondo una foto de los tres juntos, adolescentes, y habían colocado una pequeña piña de ciprés.

—Parecía un chico alegre, tu primo —dijo ella después de detenerse a mirar la cara de Tomás en la foto.

—Y lo era. Cuando estaba alegre era el que más alegre

estaba, cualquier cosa le podía hacer flotar, pero luego también cualquier cosa le podía llevar a la oscuridad total. Sentía demasiado, decía su psiquiatra.

—Sí, conozco algún caso parecido. ¿Y esto?

—Esto, sí... no sé el nombre del árbol en inglés... Es como muy delgado, muy estirado... —Colocas palabras de nota como *notwithstanding, foreclosure, aforementioned* y no sabes decir piña ni ciprés—. Era un árbol de la urbanización en la que vivíamos los tres.

—¿Y cómo pasó? Si no te importa que pregunte.

Diego notó que se le inundaban los ojos cuando empezó a traducir en su mente al inglés lo que había pasado para poder contárselo. Se excusó, ella le apretó la mano en la suya, le dijo que llorara sin miedo lo que hiciera falta, él quería contarle el porqué de la piña pero al levantar la vista y mirar de nuevo esa foto de los tres en la cajita, y los miles de fotos de otras personas que la rodeaban, abuelos, madres, niños, los amuletos, trozos de tela, nombres escritos en todos los maderos que sujetaban esa construcción efímera, se quedó sin palabras, quiso decir algo pero las lágrimas empezaron a brotarle, se las secaba con las manos, cuando ya no pudo secarlas porque eran un cauce, se tapó la cara. Ella lo abrazó largo tiempo en silencio, sin decirle nada. Todo su cuerpo vibraba, supuraba por la nariz y los ojos, escuchó sus propios sollozos sin entender cómo se había puesto toda esa maquinaria del llanto en funcionamiento, nunca había oído esos sonidos saliendo de su cuerpo, perdió la fuerza en las piernas, cayó de rodillas. Ella se acurrucó para seguir abrazándole, metió sus manos bajo su camiseta, él notó sus brazos suavemente atados a su espalda como dos cálidos cinturones cruzados, se sintió seguro y atado, listo para dejarse ir, para arrojarse hasta el final de ese llanto. No supo cuánto tiempo pasó de esa manera, ella no le soltó en ningún instante ni le dijo una sola palabra, de repente se cortó, no le quedaba nada ya dentro, se había vaciado, sus pulmones parecían haber crecido, en ellos le cabía ahora todo el aire del desierto, los hinchaba lentamente, completamente, y él era todo aire, ingravidez. Levantó la cabeza al fin, posó sin miedo sus ojos frente a los ojos de ella, le dio las gracias exhausto, con un hilo de voz. Ella sonrió. Gracias por qué. Diego trató de contestar algo, pero no le salió nada inteligible. Ella sacó de una bolsa de tela una cantimplora y le enjugó la cara, le limpió con la mano los surcos que las lágrimas habían hecho en el polvo que le cubría las mejillas, le limpió sin asco los mocos, el polvo.

Diego se puso en pie, agarró su mano y salió del templo asombrado de sí mismo, ¿cómo había sido posible ese llanto? No había llorado así ni cuando le llamó la hermana de Tomás para decírselo, ni siquiera en el funeral al ver a los amigos de siempre que ya no lo eran tanto, a su abuela, que no era capaz de llorar y solo rezaba y rezaba en silencio, moviendo los labios sin pronunciar palabra, a su tía, que no podía ni quería separarse de él, cómo te quería, repetía sin parar, ni siquiera al ver a su mujer enmudecida, sentada con esa tripa, petrificada. Había intentado llorar, quería poder presentar su dolor como prueba de amistad ante los demás, pero fueron apenas un par de lágrimas minúsculas que se le secaron en la esquina del ojo, no encontraba el interruptor que liberaba el llanto. El temor de que pensaran que no sentía la pena que aplastaba a los demás le hacía más difícil cualquier demostración sentimental.

Veía cómo aquellos días Julián era incapaz de contestar el teléfono, de salir de la cama, de vestirse, y se preguntaba por qué no podía romperse él así también, por qué al día siguiente había podido cerrar con éxito la operación de venta de una fábrica de levaduras en Valladolid y dos días más tarde, en el funeral, había sido él quien leyó sin titubear un poema de Tomás que Julián había guardado durante años en un cajón y que quiso recitar ante todo el mundo después de la misa, pero no pudo ni pronunciar tres palabras sin venirse abajo. Y ahora, seis meses después, en ese viaje al Burning Man que él mismo había organizado y pagado para sacar a Julián de su cuarto, había llorado al fin por todo lo que no había llorado en años, era un sentimiento hecho de cosas muy ligeras, de luz, de espacio, de aire.

—Ya, ya, gracias... ahora ya puedo hablar. —No pudo decir más porque ella le metió algo duro y amargo en la boca—. Qué es esto —balbució con aquello en la punta de la lengua.

Ella le dio agua.

—Trágalo, sabe muy mal...

—Qué me va a hacer.

—Te hará feliz...

3

Caminaban hacia el espacio vacío que había en el horizonte, buscando una soledad que favoreciera la conversación. Por el camino se cruzaron con un viejo autobús acolchado y forrado de un tejido que imitaba a un enorme peluche, sus pasajeros bailaban dentro e invitaban a otros a subir, un enjambre de bicicletas garabateando con sus trazadas circulares todo el suelo del desierto, los ciclistas medio desnudos, con sombreros y envueltos en luces. Atravesaron varios grupos improvisados de personas que bailaban en torno a distintas músicas, a veces un *sound system* completo con su DJ, otras una guitarra y otro tipo con un tambor. El atardecer alargaba las sombras de todo, bajaba la temperatura y una enorme energía parecía haber poseído a todos los asistentes del festival que hasta hace poco se refugiaban en sus tiendas y vehículos de un sol de principios de septiembre que aún conservaba toda la fuerza del verano a ciertas horas.

Diego llevaba la bici con una mano y con la otra sujetaba la mano de ella. A veces sentía cómo ella le acariciaba la palma con la yema de sus dedos. A cada rato volvía la cabeza para mirarle a la cara con una gran sonrisa, se había quitado ya las gafas y le miraba con esos ojos extraños. Te estás yendo con esta mujer de la mano, vais hacia un lugar donde estaréis solos, está atardeciendo, queda toda la noche, pensaba. Sabes cómo puede acabar esto, sabes a lo que va, sabes a lo que vas, sabes a lo que vais. Se preguntaba a la vez por qué no, se lo decía en inglés a sí mismo y al hacerlo su pensamiento le parecía la voz de otra persona: *why not*. En inglés le sonaba demasiado tentador, un destino más que una pregunta. Volvió a preguntárselo en español: ¿por qué no? Se lo repetía varias veces como pregunta para no empezar a decírselo como respuesta. ¿Por qué no? Porque no. Era tan fácil imaginar el por qué no, la larga lista de los porque-no. Mejor en inglés: *why not?*

Aún no había hecho nada de lo que pudiera arrepentirse, solo estaba dando la mano a alguien que le había consolado, que le había dado el abrazo que necesitaba, quizás el abrazo más importante de su vida, pensó, alguien que ahora le ofrecía una sonrisa y su tiempo porque quería conocer la pena que le afligía. Y por qué no. Lo importante era seguir hablando, no te calles.

Cómo explicarle quién era su primo sin aburrirla. Ella le dijo que no se iba a aburrir, y que si se aburría sabría disimularlo. Se le escapó una carcajada, y le acarició el antebrazo. Diego le aseguró que podía mandarle callar cuando quisiera, la historia podía alargarse bastante, era un personaje, su primo. Ella le dijo que le dejaba hablar hasta que llegaran a la malla de plástico al final del recinto, quedaba todavía un buen trecho. Diego le advirtió que era una historia triste, en cualquier momento podría ponerse a llorar de nuevo.

—No lo creo, tú te has vaciado ya. Lo has dejado salir, está claro... para eso sirve este lugar.

—Vamos a ver si es cierto.

—Venga, suelta.

Tenían la misma edad. Iban al mismo colegio. Vivían en la misma urbanización, a las afueras de una gran ciudad. Crecieron juntos. Su otro amigo, el que le propuso venir aquí, era también vecino. Mismo colegio, misma edad. Eran una piña. Por eso la piña en la cajita, en su idioma decir que eres una piña, explicó, es como decir que estáis muy juntos, que estáis unidos sin fisuras. Su primo era un tipo especial. No lo decía exagerando, era realmente un tipo que lo tenía todo para haber triunfado. Un genio. Lo era en el colegio, y lo fue en la universidad. Estudió arquitectura, pero era de todo. Escribía poemas, canciones, tocaba la guitarra muy bien, dibujaba cómics. Nunca entendió de dónde sacaba su primo el tiempo para destacar en todo eso, incluso para desarrollar aquellas otras habilidades que uno pensaría que quedarían totalmente atrofiadas cuando alguien escogía el camino de las artes y las letras, porque además su primo también era de los mejores del curso jugando al fútbol. Había que verlo. Diego paró un momento de hablar, se detuvo. Suspiró. Cogió aire.

—Perdona, es que me estoy acordando de repente de cómo jugaba, lo estoy viendo. —No vas a llorar, acuérdate—. Es que lo estoy viendo.

Ella le apretó más fuerte la mano y le sonrió, mirándole en silencio. Sintió que una corriente cálida le entraba por el brazo y se extendía por su cuerpo. Podría besarla ahora, pensó.

—¿Y qué ves?

Diego le devolvió una sonrisa y siguió caminando en silencio, saliendo de aquel desierto y adentrándose en su memoria, solo la mano de ella le sujetaba a la tierra, como el cordel del que se ata un globo, no sentía el peso de sus piernas al caminar ni encontraba por ninguna parte de su cuerpo esa angustia casi física que a veces estaba en su pecho y a veces en la garganta. De repente está todo bien, pensó. Ahora podía ver a Tomás perfectamente en su cabeza, podía dejar que se quedara allí un buen rato en su pensamiento y contemplarle ya no le provocaba dolor, le veía en el patio del colegio corriendo, esbelto y larguirucho, casi etéreo. Era todo maña jugando al fútbol, jamás empleaba la fuerza, se escurría de cualquiera casi como un fantasma que los atravesara. Disfrutaba robando balones y regateando a sus oponentes como un malabarista, mareaba al que tuviera enfrente hasta exasperarle, Juanjo el del B le quería matar después de cada partido, no soportaba esa sonrisa impertinente con la que Tomi le sostenía la mirada a la vez que detenía el balón bajo su pie, entonces le concedía siempre un instante de vulnerabilidad para que Juanjo entrara a quitárselo con toda la fuerza de su enorme cuerpo. Ahora lo veía de nuevo, como una jugada repetida en la tele, esa vez que Juanjo se le echó encima, Tomi le hizo un caño que le recordarían hasta el último día de colegio. Por debajo de las bragas, gritó Raúl con una carcajada, y Juanjo le soltó automáticamente un puñetazo en la oreja a Raúl mientras Tomi estaba ya en la portería contraria, los niños de cursos inferiores se habían detenido a comentar aquel regate con admiración.

Diego volvió a callar, veía los balones de esa época, las zapatillas, las caras asustadas de los porteros, todas las mejores jugadas de esas tardes de fútbol en el colegio empezaban a agolparse en su memoria.

Rompió el silencio y ella seguía allí, mirándole para hacerle entender que le escuchaba. Su primo, le dijo, era de ese tipo de personas que no es que lo hiciera todo bien, sino que lo hacía todo bonito, que no es lo mismo. Pero absolutamente todo. Quizá por eso no despertaba el rechazo que suele generar la gente demasiado perfecta, que por lo general provocan unas ganas malvadas de descubrir ese defecto que los devuelva al mismo barro en el que están los demás. Tomás era reservado, no celebraba sus inmensas capacidades como un triunfo sobre los otros, nunca se mostró interesado en competir con nadie, no solía exhibir sus dibujos o sus canciones más que a dos o tres amigos íntimos cuya opinión valoraba. Despertaba admiración, y en las chicas de su colegio, algo más que admiración. Hay que añadir a todo esto, dijo Diego con una carcajada, que el hijo de puta también era guapo, tenía un pelo negro que brillaba, unas manos largas y finas y, como él, como casi todos los primos Olabe, ese hoyuelo en la barbilla que todas destacaban en Tomi pero nunca en Diego, a pesar de que era el mismo rasgo. Jamás pensó que algo tan mínimo como un hoyuelo pudiera cotizar tanto, y seguramente no era el hoyuelo, era todo él, las cosas que hacía y cómo las hacía, pero esa era su marca. Cuando ligaba con alguna lo mantenía en la mayor discreción, no era como Julián y no era como él, en definitiva, no era como cualquier chico normal, que necesitaba que todo el mundo se enterara de que había ligado. En el caso de su primo era bien distinto, eran ellas las que presumían de haber estado con él.

—Pensarás que exagero, como se hace siempre con los muertos.

—Supongo que en algún momento va a llegar el gran pero —dijo ella—. Mi abuela siempre decía que la gente que tiene grandes virtudes en realidad lo tiene todo grande, también los defectos... ¿o es que me vas a decir que era perfecto?

Cómo explicarle lo que era, buscó un ejemplo, cuándo fue que empezó a asomar su lado problemático. Le vino el susto de la noche en que Julián le dio de fumar hachís por primera vez y Tomi estuvo una hora entera sin poder hablar, mirando las nubes en la plaza del Dos de Mayo, después entraron en el metro y él saltó a las vías sin avisar, se adentró en el túnel corriendo hasta desaparecer en la oscuridad mientras Diego y Julián le gritaban que volviera. Solo oyeron sus carcajadas con un eco cada vez más lejano que terminó por mezclarse con el ruido de un tren aproximándose, y luego las luces del tren hicieron brillar los raíles y empezaron a alumbrar superficies grises en la oscuridad del túnel, pero a Tomás no se le veía por ninguna parte. Otro tren pasó en dirección contraria. Diego quiso avisar a un guardia de seguridad, pero Julián le dijo que si los trenes seguían circulando en ambas direcciones es que Tomi estaba bien: cuando hay un accidente se corta el tráfico, insistía Julián. Le buscaron en la siguiente estación, por las calles y los bares de Malasaña, no supieron nada de él hasta el día siguiente, cuando Diego llamó a su casa y su tía le dijo que Tomás estaba encerrado en su cuarto, tiene uno de esos días, ya le conocéis. No fue al colegio al día siguiente. Y así pasaron otros cuatro días hasta que volvió a dirigirle la palabra a alguien, y Diego y Julián fueron a buscarle a casa y le preguntaron por qué lo hizo. No sabía por qué, dijo con una sonrisa serena, apenas se acordaba de nada, no volvería a fumar, les prometió, y Diego sospechó que solo lo decía para tranquilizarles, pero cumplió. Cuando se fueron de su casa, Diego miró a los ojos muy seriamente a Julián, con un gesto severo que había aprendido de su padre, y clavándole el dedo índice en el pecho le advirtió que jamás volviera a darle de fumar a su primo, y Julián le apartó la mano de su pecho y le recordó que Tomás tenía los mismos prontos cuando no fumaba, que su primo siempre era así, sobrio o pedo, que él fumaba casi todos los días y a él jamás se le ocurrían esas locuras, y Tomi, que ni siquiera bebía, la liaba en cuanto el viento le soplaba por otro lado, o es que no se acordaba ya de cuando hizo esa hoguera en la barca del Retiro, o cuando se tiró desnudo a la nieve desde el balcón, en Andorra.

Después de aquel episodio del metro empezó una terapia, le medicaron, parecía que estaba ya todo controlado. Jamás bebía, no se drogaba, tuvo alguna crisis más, pero ya no tenían ese componente de riesgo, simplemente se encerraba en su cuarto con sus instrumentos, se aislaba en su mundo interior y así pasaba días sin necesidad de hablar con nadie. Terminó arquitectura en cinco años, con las mejores notas, y entró a trabajar directamente en un gran estudio de arquitectos por recomendación de un catedrático que había llevado su proyecto de fin de carrera, uno de esos estudios en los que a los júniors solo les toca hacer la escalera de un edificio, o la distribución de una planta. Duró dos meses y se fue hastiado, no se veía trabajando en esos equipos enormes. Al poco tiempo un amigo de su padre que creía genuinamente en su talento le ofreció reformar su chalet en el campo, empezó con mucha ilusión, no dormía repensando esa casa, quiso proponer a ese amigo del padre, que era un abogado mercantil de lo más convencional, una nueva forma de vivir, no creía en la calefacción ni en el aire acondicionado, creía que debía haber árboles dentro de las casas, que la cocina debía ser el centro de todo, que toda casa debía tener una especie de capilla, un lugar reservado al espíritu, y el amigo de su padre se desesperaba y se lo rechazaba todo, y terminaron por pelearse. Luego él mismo trató de encargarle el proyecto de reforma de su primera casa y antes de que dibujara nada, ya Claudia se negó a trabajar con Tomás cuando, en la primera reunión en el apartamento, se llevó a su perro y obligó a todo el mundo a callarse hasta que el perro escogiera un lugar donde tumbarse. Una vez que el perro se tumbó en la estancia que por lógica tendría que ser el salón, Tomás dijo que ahí debía estar la cama de matrimonio, que los perros jamás se equivocaban escogiendo el sitio perfecto para dormir. Era un tema de energías que los humanos no podemos percibir, decía.

—Y tiene toda la razón, hay que saber escuchar a los perros. Estoy completamente de parte de tu primo —interrumpió ella—. De hecho, puede que el problema de tu primo es que sea el único cuerdo en su entorno…

No, Tomi no estaba cuerdo. O a lo mejor a su manera sí, pero en cualquier caso tenía una forma de estar en el mundo que no funcionaba. No le funcionaba a él ni a nadie a su alrededor. No encajaba. Dejó la arquitectura muy pronto y se hizo ebanista. Quería hacer cosas con las manos, muebles únicos y polivalentes que ayudaran a vivir mejor, que hicieran habitable un espacio con lo mínimo y que llevaran a la concentración, al estudio, a la contemplación. Sus muebles causaban admiración y no tenía problemas en venderlos, el problema era terminarlos, dedicaba demasiado tiempo a encontrar cada madera, cada pieza de metal, a construirlos y darles el acabado final, era imposible rentabilizar tanto tiempo invertido y a veces, cuando ya había entregado un mueble, pedía a su comprador que se lo devolviera al cabo de unos meses para cambiar alguna pieza que no le convencía.

—Qué bien le entiendo, cuando construyes algo que de verdad te importa, el dinero y el tiempo se convierten en algo secundario... en realidad ese tipo de cosas no tienen precio.

Sí, eso es una manera muy bonita de verlo, él también era capaz de verlo así, pero tiempo y dinero son dos factores que uno no puede permitirse ignorar. Ya se cansó de decírselo a su primo, esa actitud le expulsaría del mercado, de la sociedad y de la vida. Y así fue: cada vez menos personas se atrevían a pedirle sus famosos muebles y tampoco es que él aceptara a cualquier cliente, les hacía entrevistas a todos aquellos que le pedían un mueble como si los estuviera admitiendo en un máster de Harvard, y si no le convencían sus respuestas ni sus aspiraciones, no aceptaba su encargo. A veces le bastaba con mirarles los zapatos o con escuchar su manera de hablar para que se negara a aceptar encargos, cualquier indicio de mal gusto le producía un horror infinito.

—Me estoy enamorando de tu primo. Cómo me gustaría poder hacer lo mismo con mis clientes.

A él también le gustaría, pero ojo, que la historia sigue. En esa fase en que está a punto de convertirse en el ebanista más exclusivo y con menos encargos del país, su primo deja embarazada a una mujer que había conocido tres días antes. No fue un accidente, lo había buscado y lo hizo con precisión de francotirador. Fue poco después de un enorme atentado terrorista en su ciudad. Cuando le preguntaron cómo y por qué, él les explicó con convicción que frente a la muerte había que hacer un gran gesto de reafirmación de la vida. El tipo era bueno con las palabras, tanto que consiguió convencer a esa mujer de realizar ese gran gesto y se quedaron embarazados la misma noche que decidieron quedarse embarazados. Ella es médica, aclaró Diego, no fuera a pensar que se trataba de la primera insensata que había encontrado en un bar de copas, y no cualquier médica, es neurocirujana pediátrica. Que probablemente sea lo más complicado dentro de la medicina.

—Eso no quiere decir nada, también los cirujanos pueden estar locos. Te digo yo que hay que estar un poco zumbado para abrirle el cráneo a un bebé con un bisturí.

—La verdad es que está bien visto —dijo Diego, y se le escapó una risa que duró muy poco en sus labios.

Es divertida esta mujer, pensó, tiene sentido del humor. Lo iba a necesitar porque ahora venía la parte dura de esta historia. Su primo y la neurocirujana se fueron a vivir juntos sin pensárselo mucho, y al cabo de un par de meses ella empezó a darse cuenta de que Tomás no tenía ningún planteamiento pragmático respecto al cuidado del niño, comprar un coche, pagar a una empleada que lo cuidara cuando ellos estuvieran trabajando, mudarse a una casa más grande, darle un hermano a ese niño; a ella se le hizo evidente que su primo debía replantearse su trabajo y aceptar el espanto de hacer cosas que no pudiera creerse. A medida que avanzaba el embarazo, las exigencias de aquella madre futura eran cada vez mayores y se expresaban con más contundencia. La familia y los amigos presionaron a Tomás para que buscara un trabajo convencional, pero como no escuchaba ya a casi nadie, los futuros abuelos y la futura madre recurrieron directamente a Diego, que además de su primo era quizá su mejor amigo. Sus tíos le encomendaron que le presionara para que aceptara un trabajo en el estudio de arquitectura de un conocido que estaba dispuesto a darle una oportunidad, a fin de cuentas Tomi solo tenía veintisiete años, estaba a tiempo de enderezar su camino, había más de uno que acababa la carrera a su edad. Verás que al final esto es lo mejor que le podría pasar, le decía la madre de Diego a su tía, hay gente que necesita que le pase algo así para arrancar. «Cuando vas a tener un hijo te das cuenta de que la vida va en serio, ahí es cuando empiezas a centrarte, es tu gran oportunidad, eso es lo que tienes que decirle a tu primo», le repetía a Diego su padre, y Diego a su vez le repetía a Tomás todas las amonestaciones, todas las advertencias, todos los consejos con los que pretendían corregir el rumbo de Tomi aquellos que ya no sabían cómo hablarle, y tanto se aplicó Diego en su papel de portavoz de cuantos querían intervenir a Tomás que al final Tomás cedió: entró a trabajar en aquel estudio, con humildad, disciplinadamente, era el primero en llegar y el último en irse, y así lo hizo hasta el final del embarazo, para alegría de todos en la familia, el tío de Diego incluso le regaló una caja de champán para recompensarle por haber logrado meter a

Tomi en vereda. No le dio tiempo a beberse ninguna botella. Una semana antes de que la neurocirujana saliera de cuentas, Diego recibió una llamada de la hermana de Tomás a las seis de la mañana de un lunes. Se ha adelantado, pensó, ha nacido mi ahijada. El tono de su prima no era el esperado, le costaba hablar. Tomás se había ahorcado en su taller.

Diego dejó de caminar un momento y respiró hondo, esperando a que llegara esa cosa que le oprimía el pecho y que no sabía si era algo físico o si no era más que un sentimiento, quizás ambas cosas. Le impresionó cómo podía haber contado toda esta historia con tanto detalle sin derramar una lágrima. Ella no le soltaba la mano, le miraba seria, ahora era ella la que tenía los ojos acuosos y una lágrima a punto de caer. Diego se disculpó, no quería arruinarle la fiesta, seguramente había gente mucho más divertida que él por ahí.

—También he venido a escuchar historias así —le dijo.

No le estaba arruinando nada, llorar también era parte de la experiencia del Burning Man. Le agradecía mucho que le hubiera contado todo con tanta confianza.

Diego se detuvo y le preguntó si quería que siguiera con la historia o si prefería cambiar de tema, sentía que había hablado demasiado, por el camino la música del campamento se había convertido en un lejano rumor y era ya su voz lo que llenaba el vacío de aquel sitio. Si quería que se callara un rato, todo bien, pero es que de repente le salían tantos recuerdos sin freno, como un grifo abierto. Incluso podían empezar el camino de vuelta si ella quería.

—Obviamente quiero el final de la historia —le dijo, y le tiró de la mano, en la dirección opuesta al campamento, hacia la parte del paisaje donde la oscuridad había borrado ya la línea del horizonte.

Dejó una nota en un sobre. Pedía perdón. Decía que no quería arruinarle la vida a su hija, ni a la madre de la hija, y que por eso era mejor irse a tiempo, antes de que él pudiera ser padre. Entendía que no era la mejor solución y que causaría mucho dolor, pero tenía claro que causaría más dolor quedándose, pues un padre que era incapaz de encontrarle sentido a la vida —y él aseguraba que lo había buscado cada día, en todas partes y en todas las cosas— era la peor persona con la que su hija podía crecer. Liberaba a su hija de tener que padecerle, decía. Pedía a todos que la cuidaran mucho en su lugar, y que aunque estuvieran tristes por su decisión, rogaba que le enseñaran a ser alegre, a tener alegría. La carta finalizaba citando unos versos de un poema que Tomás se sabía de memoria desde adolescente, y que a menudo les recitaba como un credo. Un poema que ahora él también se sabía de memoria.

el dolor es la nube,
la alegría, el espacio,
el dolor es el huésped,
la alegría, la casa.

4

El sol se había puesto en el oeste, no quedaba ya claridad alguna en el cielo y llevaban un buen rato caminando en silencio. Era un silencio cómodo, pensó Diego, no sentía la ansiedad de llenarlo de más palabras, bastaba su mano en la suya, con esa mano se lo estaban diciendo todo, entrelazaban los dedos, columpiaban sus puños agarrados. ¿Cuánto hacía que no caminaba cogido de la mano de alguien? Ni se acordaba ya, Claudia no era muy de caminar de la mano. O a lo mejor eres tú el que no eres muy de caminar de la mano.

Apenas se oía música ya, detrás de ellos aquella ciudad improvisada en el desierto parecía un pespunte de un hilo luminoso que dibujaba la línea del horizonte contra una oscuridad que engullía igualmente al suelo y al cielo. Frente a ellos miles de estrellas y un viento seco y áspero con olor a polvo. De vez en cuando les adelantaban sombras que huían hacia el silencio y la inmensidad, y otras veces se cruzaban con gentes que escapaban de eso mismo. Diego pasó su brazo por la cintura de aquella mujer sin nombre, y metió su mano bajo la camisa de ella, buscando el contacto con su piel. Debía de hacer frío, pensó, pero no notaba más que un calor eléctrico en cuanto la rozaba.

—¿Sabes cuando un ruido deja de sonar de repente, y solo te das cuenta entonces de que lo habías estado oyendo todo el rato? Como cuando están haciendo obras cerca de ti y de repente paran y sientes una calma enorme.

—Sí, me pasa todos los domingos con el cabrón de mi vecino, el tipo siempre madruga para segar el jardín, cuanta más resaca tengo, más madruga, y solo me doy cuenta cuando para.

—Pues eso, justo. Así me siento ahora, como que ha parado el ruido, el que tenía yo dentro. —Diego se detuvo un momento, la soltó y se tocó el pecho—. Es una cosa aquí, al despertar por las mañanas, cómo te lo explico.

No le resultaba fácil describir qué era exactamente lo que había parado de sonar, porque no era exactamente un ruido. En cuanto se despierta cada mañana, le contó, o si se despierta en medio de la noche, algo que le pasa últimamente, empieza a sentir un peso en el pecho que no le deja llenar del todo los pulmones. En cuanto se pregunta qué tiene, qué le pasa, y se explora, se palpa, y toma aire lentamente como para ordenar el ritmo de su respiración, se da cuenta entonces de que la cosa no es real, que no es que tenga una inflamación ni que le haya subido la tensión, no es más que una sensación, y cuando trata de entender esa sensación, vuelve a recordar inmediatamente que su primo ha muerto, y ese es el momento en que le inundan otra vez los mismos pensamientos, no los puede parar, se mueven en círculos: piensa en qué hubiera pasado si no le hubiera insistido para que se pusiera a trabajar en ese estudio, piensa en que no lo habría hecho si hubiera entendido lo frágil que era Tomás, piensa en que no debió prestarse a transmitirle las preocupaciones de sus tíos para que aceptara un trabajo de oficina que le transformara en un tipo normal con una jornada, un sueldo, días de descanso, un tipo como él, como sus padres, como sus tíos, como cualquiera que ha decidido tener hijos. Y esos pensamientos no dejan de girar en su mente desde que se levanta, trata de sacárselos sudando mientras hace *spinning* en el sótano de casa, pero siguen allí en el desayuno, y aunque ponga la radio cada mañana no los calla, ni se le aclaran en la ducha. Cuando ya se sienta en su mesa y le toca concentrarse en el trabajo —porque, aclara, él trabaja horas y horas— esos pensamientos no se van, sino que se vuelven ruido, ese tipo de ruido que ya ni eres consciente de que lo estás escuchando, como el ruido de una obra en la calle, o como dice ella, de un vecino que pasa la segadora por la mañana, y es ese ruido el que se transforma en esa sensación física, en esa presión, se toca el pecho de nuevo, esa cosa que no se va y que ahora de repente se ha ido, ahora precisamente que se pasea con ella por un desierto, bajo un cielo enorme.

—Lo que tienes se llama culpa.

—Puede ser. —Le volvió a rodear la cintura con el brazo y siguieron caminando.

—Lo es. Se irá en cuanto te des cuenta de que está todo bien así.

Ya le gustaría a él pensar eso, pero es que la culpa no se va cuando uno desea sacudírsela. Claudia también le decía que no sintiera ninguna culpa, que no la tenía, pero no porque *estuviera todo bien así*, sino porque

Tomás no merecía su culpa. Era un egoísta, decía. Un hijo de puta egoísta, añadía después, un egoísta de mierda, precisaba. Él contestaba que Tomás era un enfermo, que estaba mucho peor de lo que habían querido ver. Habían mirado para otro lado. Claudia le decía que por muy enfermo que uno esté no te suicidas una semana antes de que nazca tu hija, que el mundo está hasta arriba de gente deprimida que se toma pastillas y hace lo que puede para tirar adelante cada día, y si tienes pensado suicidarte, que eso no es algo que se improvise sino que se va madurando mucho tiempo, si andas con esas voces en tu cabeza, no te pongas a dejar embarazada a la primera que conoces. No, Diego, no hay más culpa que la suya. Yo no le perdono lo que os ha hecho a todos.

—*Baby*: culpa, perdón. Cuidado con eso. Son palabras muy pesadas y muy pringosas, hay que soltarlas todo lo rápido que puedas. —Le gustó la manera cariñosa en que le había llamado *baby*, sonaba a canción antigua—. Tú hiciste lo que tenías que hacer y tu primo también. Su carta de despedida es muy sensata, no es la carta de un loco. ¿Tú nunca has estado en una fiesta donde todo el mundo parece que lo está pasando bien y tú solo quieres salir corriendo?

En unas cuantas. En esta misma hasta que empezó a caminar con ella de la mano.

—La vida es un poco así, ¿no? Este mundo no está hecho para todos, y menos si tanto te preocupa que las cosas tengan sentido, que es una preocupación muy legítima… Yo respeto mucho a los suicidas, la verdad. Alégrate de que tu primo ya no sufra, *baby*.

Y se alegró. Sintió que una sonrisa cuyo origen no

entendía se apoderaba de su boca y desde sus labios se extendía por todos los músculos de su cara, de su cabeza, de su cuello, le bajaba como una vibración por los hombros, su cuerpo entero era la sonrisa. ¿Tendría razón aquella mujer? Desde luego daban ganas de dársela cada vez que le decía *baby*, y aunque no la tuviera probablemente era mejor pensar que la tenía, había que considerar sus argumentos sin oponerles resistencia. La imaginó en Madrid, en una sobremesa en casa, contándole a Claudia cómo entendía ella lo de Tomi. Claudia le habría interrumpido en cuanto notara la más mínima justificación de aquel suicidio. Espera, espera, déjala que termine de hablar, tiene un punto de razón, habría tenido que decir él, pero cuando ella hubiera terminado, Claudia le hubiera pasado por encima sin perder los modales, cualquier intento benévolo de aplicar la eximente de enfermedad mental a Tomás le resultaba inaceptable. Su muerte solo había confirmado la impresión que ella siempre tuvo de él: has cargado con él durante años, te ha jodido la vida, a ti, a tus tíos, a tus primos, a su hija, a su novia, en quién ha pensado nunca, más allá de sí mismo. Si no te falta razón, Claudia, pero por un momento, trata de verlo como dice esta mujer, a mí me hace sentir mejor, me quitó un peso de encima. Julián estaría de acuerdo: ¿ves por qué era buena idea venir?, le diría, ha merecido la pena ya solo por escuchar a una mujer con ojos de bruja que te dice algo así y te cambia la manera de verlo. Dónde estaría Julián esa noche, hacía horas que le había perdido de vista, acaso le estaría buscando o habría encontrado su propia aventura con otros desconocidos.

—Aquí se acaba —dijo ella deteniéndose.

Habían llegado a la malla, hecha con una red de plástico, que marcaba los límites del recinto. Al otro lado no había más que un vasto vacío en el que apenas se adivinaba el negro mate de un risco rocoso contra el negro brillante de la noche en el que resplandecían miles de estrellas. Diego hubiera querido seguir caminando así agarrado a esa mujer, hasta fundirse en esa inmensidad, la valla era tan fácil de saltar. No había prisa por volver junto a Julián, pensó, estaría buscando una fiesta, envuelto en el ruido, bailando en la turba. Solo quería silencio, estrellas, la mano de esa mujer en la suya. Miró en busca de la Osa Mayor, la única constelación que sabía identificar, pero no era capaz de encontrarla. No salen las mismas estrellas en todos los cielos, ni salen tampoco en todas las estaciones, van cambiando con el año. Qué más sabe él de estrellas. Que la primera que se ve en el cielo no es estrella sino planeta, qué planeta ya no lo tiene claro, le suena que es Venus o Marte. En realidad no sabes nada, Dieguito, ya te lo decía Tomi, nunca les dedicas tiempo a las cosas inútiles, esa es tu ventaja en la vida, eso te llevará lejos. Porque Tomi se las sabía todas, y los pájaros también, los árboles, los insectos, no había cosa que no supiera nombrar. Si algo le atraía era precisamente algo que no supiera nombrar.

—Cómo me gustaría saber los nombres de las estrellas… poder juntar los puntos para ver las constelaciones dibujadas. Veo este cielo y me siento analfabeto.

—Pues estás de suerte, soy astrónoma —dijo riendo.

—¿Pero no era que no podíamos decir nuestras profesiones?

—Correcto, pero es que soy astrónoma aunque no ejerzo de astrónoma.

—Me estás tomando el pelo.

—¿No me crees? —Se puso frente a él y posó las manos sobre sus hombros—. Hagamos un trato: tú me follas aquí y ahora y yo te doy tu primera lección. —Le clavó los ojos, que apenas se distinguían en la oscuridad.

Y ahora qué vas a decir, mejor no lo pienses mucho. Miró a su alrededor, un grupo de personas con luces de colores en los sombreros se acercaba, caminando atropelladamente sin rumbo aparente, riendo a carcajadas, incapaces de articular frases enteras sin romper a reír de nuevo.

—Aquí nos van a ver.

—Da igual.

—Pero cómo va a dar igual.

—Porque da igual. Aquí y ahora.

Tiene que ser aquí, no lo pienses más, no va a pasar nada, esto se queda aquí. Ella empezó a besarle y se subió el vestido, le metió la mano bajo el pantalón y le acarició el pene que no estaba erecto, él cerró los ojos, oyó las carcajadas de aquel grupo que pasaba ahora cerca de ellos, aquí y ahora, pensó, como un mantra, aquí y ahora. Las carcajadas se intensificaron, luego se alejaron en otra dirección.

—Uuuuh, este es el problema con el éxtasis, cuesta un poco más arrancar… vamos a tener que practicar primeros auxilios para reanimarla —dijo riendo, le empujó al suelo—. Así que esto es el éxtasis. Mira las estrellas, relájate.

Él se tiró con los brazos en cruz y ella le sacó el pene del pantalón, le retiró con mucha suavidad el prepucio y empezó a chuparle el glande lentamente con la punta de la lengua, lubricándoselo con abundante saliva. Diego clavó los ojos en el cielo. Esto no te había pasado nunca, no de esta manera.

Oyó a dos personas paseando cerca de ellos en bicicleta, con un pequeño altavoz, ni las miró, se concentró en esa sacudida de placer que le recorría todo el cuerpo cuando los labios de ella empezaron a apretarse sobre su pene, como si una corriente cálida y suave circulara desde la boca de ella y se extendiera como una ola sobre la superficie de toda su piel, clavó las uñas en el suelo polvoriento del desierto, tenía la sensación de que así transfería a la misma tierra aquella corriente de placer que le hacía temblar, y que las ondas de ese placer se propagaban hasta llegar a esa ciudad improvisada en medio de la nada, a toda la gente que bailaba a lo lejos, al planeta entero. Ahora sí que la sentía dura. Ella se quitó las bragas, se subió el vestido, y le agarró la base del pene para metérselo, gimió y se agachó hacia él, le pidió que le agarrase con fuerza sus pechos y empezó a mover cada vez más rápido sus caderas sobre su cuerpo tumbado, frotando toda su ingle, botando, pidiéndole que le agarrara más fuerte, sin miedo, y él sintió algo de miedo, aquí venía.

—Me voy a correr.

—No se te ocurra salirte.

—¿Seguro?

—Seguro.

El orgasmo le llegó como una convulsión, se le doblaron las articulaciones, todo su cuerpo se contrajo y se retorció, ella se quedó sentada encima de él, le recorrió la cara con un dedo, desde la frente hasta la barbilla, como si le dibujara el perfil. Empezó a reír despacio como un susurro, y al rato, la risa discreta devino en carcajadas, él empezó a reír también. Su cuerpo empezó a relajarse y un hormigueo le llegaba de nuevo desde el pene al resto de sus órganos, las ondas de placer le recorrían como caricias de manos invisibles. Respiró hondo, suspiró, el viento que había empezado a soplar no era capaz de enfriarle, los párpados se le caían, pero no tenía sueño. Las veces que dijiste que nunca te meterías nada químico, qué estupidez, esto con Claudia sería increíble, pensó, volvería a follar como antes del parto, le encantaría, a quién no le encantaría algo así, todo el mundo debería probarlo, pensó, su madre, su padre, sus tíos, pero sobre todo Claudia, y cómo se lo dices, cómo vas a decirle que lo probaste y que sabes que le va a encantar, y con quién lo hiciste, dirá, y quién te lo dio, qué más da eso, pruébalo, de verdad.

Ella se recompuso el vestido, se puso las bragas otra vez y se tumbó a su lado, apoyando la cabeza en su pecho.

—Ahora la lección de astronomía —dijo Diego, apuntando al firmamento—. Quiero saber qué constelaciones nos han estado espiando.

—Te he engañado, no sé nada de estrellas, solo quería follarte... —dijo ella riendo a carcajadas, sin poder parar.

Está loca, pensó Diego, y se había corrido dentro de ella. ¿Haría estas cosas con frecuencia? Desde luego nadie se la había chupado así jamás, ¿lo haría siempre sin protección, así, con desconocidos, o será solo porque es el Burning Man y estas son las cosas que uno va buscando que le ocurran? Si vuelve con un herpes en la ingle o alguna enfermedad rara iba a ser muy difícil explicárselo a Claudia, pensó, ella seguramente le dejaría. O no.

Quizá sí lograse explicárselo, la situación era la que era, él estaba roto, eso Claudia lo había entendido, igual que entendía ese viaje y le había animado a ir, había sido tan generosa: vete y pásalo bien, dijo, no te preocupes por nosotras, vete sin culpa, coge fuerzas, las necesitas. Pero no era esto a lo que se refería, o quizá también a esto.

—Estás muy serio, ¿te has enfadado, *baby*? —preguntó ella, y le acarició la cara.

De ninguna manera, está feliz. Asombrado de lo poco que le preocupa todo en ese momento, no encuentra por ninguna parte de su cabeza la sombra o el zumbido de la culpa. Es capaz de hacer la casuística de todo lo que podría salir mal y de lo que podría salir peor, y sin embargo todo el peso de la pena que sentía le ha abandonado. Quiere pasar el resto de la noche en una cama con ella, oírla rematar cada frase con ese *baby*. Si hacía falta echaría a Julián a patadas del *motorhome* esa noche, ya que había llegado hasta aquí con ella, mejor ir hasta el final.

—¿Dónde duermes?

—Espero que en la misma cama que tú, *baby*. —Ella empezó a reírse otra vez—. Tengo una furgoneta, no es muy grande pero la tengo para mí sola, está muy limpia, la cama es ancha y le he puesto unas cortinas preciosas para que nadie vea lo que pasa dentro, tengo muy buena música, fruta, agua… y una loción para dar masajes —dijo rematando la frase con una carcajada.

Hasta el final.

5

Paseaba por el jardín en busca de una sombra que aquellos árboles recién plantados no le darían hasta dentro de unos años, se acercó a un muro de mampostería que marcaba el fin de su parcela, allí había un banco de madera algo resguardado del sol, se sentó y dejó de ver su jardín, en su mente empezaba a alumbrarse el interior de aquella furgoneta con la luz de aquel amanecer, una luz aún tibia y anaranjada a esa hora temprana, que se filtraba por las telas estampadas que hacían de cortinas e iba avanzando lentamente sobre el cuerpo desnudo de aquella mujer que dormía plácidamente a su lado, con un brazo extendido que a cada rato buscaba su mano a ciegas, cuando al fin la encontraba se agarraba un rato a ella y poco después volvía a rendirse al sueño y su mano se desprendía. Los tatuajes del vientre y la espalda, que apenas entrevió la noche anterior, empezaron a hacerse nítidos y él los observaba detenidamente como quien llega hasta el último párrafo de un artículo. Una hora más tarde ella abriría esos dos ojos distintos, y antes de que él pudiera decirle buenos días aquella mujer le taparía la boca, se llevaría un dedo a los labios para comunicarle por gestos que no hablara y después cogería un cuaderno y un bolígrafo, y escribiría: *Esto es un juego, no podemos hablar hasta dentro de una hora*. Él sonreiría, y haría un círculo con el pulgar y el índice para decir que aceptaba el juego. Cuántos juegos más tendría preparados esta mujer, quería jugarlos todos, debería inventar uno al menos, pensó, qué juegos sabía él. Recuerda: qué juegos conoces. Qué lejos tenía que ir con su memoria para encontrar algún juego, antes de que pudiera hallar algo en su infancia, ella le abrazaría y le empezaría a besar y pronto la llamada del sexo atravesaría la barrera de la piel, inundaría su mente de imágenes y vaciaría cualquier empeño creativo que tuviera.

Diego estaba sorprendido por la nitidez que de repente adquirían aquellas memorias que hacía años ya que habían dejado de acudir a su imaginación. Le venían ahora limpias de todo ese horror que sintió cuando tras volver del Burning Man Claudia le puso en sus brazos a Martina, y esta le devolvió una sonrisa en la que asomaban sus dos primeros dientes, y Claudia mirando a ambos con ternura repetía con ese tono agudo con el que se le habla a un bebé, es papá, pa-pa, pa-pa, y Diego no podía observar la sonrisa de Martina sin que le sacudiera la culpa de todo lo que había vivido con aquella mujer cuyo nombre y lugar de residencia afortunadamente ignoraba. En el avión de vuelta le hizo jurar a Julián que nunca contaría nada, jamás volvió a hablar de ella con nadie, con el tiempo incluso logró no hablar de ella consigo mismo.

Hasta esa mañana, en que el recuerdo empezó a empaparle primero como una gotera, y ahora ya como el chorro incontenible que sale de una tubería rota y lo inunda todo. Ya no podía ver otra cosa que no fuera ella, su cuerpo desnudo, la mirada asimétrica, el tatuaje del conejo blanco de Alicia, la felación en medio del desierto, las canciones que ponía en su furgoneta todo el tiempo que estuvieron encerrados en ella. Cuál era esa tan larga, se preguntó, esa canción con la que echaron a volar sin moverse de la cama, como quien flotaba en una alfombra mágica. La noche que tomaron unos hongos secos, verdosos y retorcidos, cuando ya había perdido todo el miedo a probar cualquier cosa que ella le ofreciera mirándole fijamente con esos ojos de dos colores a los que no podía oponer ninguna resistencia. Querría volver a escuchar esa canción ya mismo, tumbado, en la oscuridad, solo en su cuarto. Nunca se había sentido tan dentro de la música como lo había estado de la mano de aquella mujer, se lo dijo después de oír esa canción sin forma de canción que en aquel estado no sabía si había durado una tarde, un año o una hora, le contó cómo envidiaba a la gente que era capaz de dejarse poseer por la música, bailarla sin complejos, sin pensar en las muecas que pone, sin sentir que a uno le sobran los miembros, que no sabe qué hacer con los brazos o con los pies, cómo envidiaba a esas personas hechizadas, cuyos cuerpos obedecían las órdenes del ritmo que marcaba la canción.

Sacó su móvil para buscarla. Era de Grateful Dead, de eso se acordaba, buscó en Spotify, y se desesperó al ver que aquel grupo tenía decenas y decenas de álbumes, acaso sería el grupo con más álbumes publicados de la historia de la música. Puso una canción, luego otra, imposible encontrarla. Era una canción de una duración considerable, ella le dijo que sentarse a escucharla exigía la misma disposición que la que pide una película, aquella mujer se sabía cada nota como se conoce un taxista las calles de su ciudad, iba anticipándole los accidentes del terreno: ahora verás, viene un solo de guitarra que va a cambiarlo todo de color, agárrate fuerte aquí que vamos a caer por una cascada de luz, ambos se sujetaban a las esquinas del colchón como si de verdad el colchón flotara sobre la música y se retorciera al vaivén de los rápidos, tápate la cabeza, que viene una granizada de órgano, al final caían en un inmenso lago de aguas calmadas donde recuperaban el aliento y volvían a hacer el amor.

Cuál era la última vez que Claudia y él habían tenido un encuentro sexual. Del último que se acordaba era el de aquel fin de semana que celebraron el ascenso de Claudia yéndose a Londres, allá por el puente de mayo, hacía ya casi tres meses. Tenía la certeza de que habían follado alguna vez desde entonces, pero no tenía un episodio concreto que pudiera evocar, una imagen que le devolviera algo de ese momento íntimo y sin embargo sabía que debían de haber follado al menos otras dos veces desde el fin de semana en Londres, y lo sabía porque el uno de enero tuvieron una conversación algo amarga en que él fijó una cuota de mínimos: ella dijo que la cosa va por ciclos, que todo lo de la obra de la casa de Menorca la estaba estresando y él dijo que lo comprendía, pero que había que tratar de hacerlo al menos una vez al mes. Para ella también era algo importante, eso dijo, pero él debía ser paciente, no se puede programar, ya volverá todo poco a poco a su sitio, y desde que lo hablaron el uno de enero, la cuota se había ido cumpliendo, en su mente llevaba la cuenta, hasta ahora lo habían hecho una vez al mes, pero ahora se daba cuenta de que aquellos encuentros sexuales no habían dejado en su memoria más que un *tick* en una lista mental de tareas, pero no un vídeo en la memoria, no había conservado en ella una postura, una frase lasciva, un beso en la boca que pudiera rumiar para masturbarse en la ducha cualquiera de los otros treinta días del mes en que no se tocarían. Solo era capaz de reproducir con viveza aquel polvo que echaron en Londres, donde se sucedieron posturas que hacía años que no probaban, que empezó encima del lavabo, aún vestidos, mientras él se lavaba los dientes sin ninguna esperanza de que nada pasara ya esa noche, un polvo cuya espontaneidad solo podía explicarse porque esa noche Claudia había bebido con alegría, sin contar las copas, lo suficiente como para avergonzarse al día siguiente cuando él celebró en el desayuno las cosas que ella no recordaba haber hecho en la cama la noche anterior y que él le animó a repetir más a menudo. Nada de lo que pasó en Londres se había repetido, y eso fue en mayo, desde entonces solo tenía la vaga noción de haber contabilizado dos polvos fantasmas y estaba bastante seguro de que julio se le había escapado sin nada de sexo, e intuía que el sexo no volvería hasta después de la fiesta, porque Claudia no se relajaría ni un minuto hasta que hubiera salido todo como ella esperaba, y seguramente tampoco entonces, porque para Claudia la casa aún estaba sin terminar hasta que el jardín tirase adelante, las plantas se asentaran y todo se viera crecido y floreciente, como si llevaran años allí.

—Papá, ¿me puedes llevar a Fornells? Daniela acaba de escribirme que su padre nos saca en barco. —Martina le miró suplicante, con los morros apretados, chorreaba agua por su melena, que se derramaba sobre sus hombros y su bikini—. Por favor, papaíto, te lo suplico. Es que hace demasiado calor para ir en bici, arde hasta la piscina.

Diego se palpó el bolsillo y comprobó que además de las llaves del coche tenía las del llaüt. Si *ella* no seguía allí fondeada, pensó, con ese velero tampoco podría andar muy lejos, la encontraría.

—Vamos.

6

Sintió alivio al ver que el velero donde suponía que estaba ella seguía fondeado en el mismo lugar de la bahía. Se distinguía la silueta de alguien sentado en la cubierta, a la sombra de un toldo improvisado con una lona sobre la botavara. Martina señaló a Daniela y a su padre, que esperaban en el muelle. Diego frenó en seco, te dejo aquí. Ella protestó: qué te cuesta acercarme. No quiero saludarle, es un plasta, le dijo, solo quiere que le invite a la fiesta. Cada vez que se lo cruzaba le preguntaba por los preparativos, hasta le había ofrecido una máquina para hacer hielos que tenía en su casa. Los hielos no se pueden acabar en una fiesta, le había dicho hacía un par de días, y como se líe bien, que alguno de tus invitados es amiguete y sé cómo pimplan, como sean todos como alguno que yo me sé, te vas a quedar sin hielos, verás, y a esa hora te va a dar pereza ir a la gasolinera. No, gracias, le había dicho Diego con distante amabilidad, y él insistía, que no le costaba nada, y su máquina congelaba a menos de veinte grados, pedrolos así de grandes, no se deshacían nunca, que cuando quisiera le hacía un buen gintonic en casa para que viera la diferencia entre un buen hielo y los de la gasolinera. Papá, solo está siendo simpático, de verdad que no eres C. Tangana, la gente no se mata por ir a vuestra fiesta, me puedes acercar hasta ahí que no te lo va a pedir. De ninguna manera se iba a acercar un metro más a ese imbécil.

Martina no se despidió de él, se volvió con el ceño fruncido y caminó hacia el muelle con paso airado. Diego condujo hasta el aparcamiento que había detrás del pueblo. Dejó el coche allí y caminó de nuevo en dirección al puerto. Antes de asomar por ahí había que darle tiempo a Martina a embarcar, al pelma de la máquina de hielo a soltar el amarre, sacar su barco del pequeño puerto de Fornells, y de ahí a salir de la bahía, porque a Martina seguramente le extrañaría verle solo junto al atraque de su llaüt, y más aún subirse solo al barco. No, mi padre no es de esos que va solo en barco, mi padre se aburre solo, con alguien habrá quedado. Con quién, confiesa: dónde ibas. Iba solo. Y no sería con la tipa esa de los ojos raros, la que estaba ahí sola por la mañana. No digas tonterías. Te vi salir tras ella en cuanto se levantó.

¿Qué cosas hacía él solo?

Mientras repasaba la casuística, alargó con paso lento el camino por la calle paralela al paseo marítimo, oculto para los que estaban en el muelle. No hacía nada solo. El llaüt lo sacaba siempre con sus hijos, con Claudia, con invitados, la bici eléctrica la sacaba con Claudia. Incluso cuando iba a dar bolas en el campo de prácticas se llevaba a Gonzalo o se llevaba a Lola, o a los dos.

Había pasado un tiempo razonable, consideró, se asomó al paseo marítimo, y vio en la distancia el barco del tipo de la máquina de hielos alejarse con Martina, cuya figura ya ni se distinguía. Llegó al muelle, y desde ahí pudo ver mejor esa silueta humana sentada a la sombra, bajo una lona. Debía de ser el chaval, pensó, parecía que estaba tocando una guitarra. A ella no se la veía por ninguna parte, tampoco en el agua, no de este lado. Y ahora qué. ¿Saca el llaüt y se acerca? Para qué exactamente, piensa. Qué le va a decir, qué le puede decir, es igual lo que piense, porque lo que prepare ahora seguramente no será lo que luego sea capaz de decir. Siempre es así. Y cuando diga lo que sea que alcance a decir, qué cosas pasarán después, cuando ella le reconozca, cuando ella empiece a hablar, a interpelarle.

Quince minutos para soltar amarras, poner las defensas, comprobar la gasolina del depósito. Diez más si hay que poner gasolina. Otros diez para volver a amarrarlo, diez para fondearlo cerca del velero, comprobar que no garrea, quizás abarloarlo. Quince para volver a casa en coche. Difícil calcular el tiempo que transcurrirá desde que se presente y ella por fin lo identifique, *Oh my God! You!*, hasta que se establezca una conversación. Tiene claro que no será un hola y adiós, aunque delante de su pareja y delante del chaval quizá no quiera recordarlo todo. Quizá no quiera recordar nada y sienta vergüenza de que él la vea tan vieja como la ha visto, y a ella le deprima verle a él con el pelo tan gris, arrugas en los ojos, algún kilo más y entonces prefiera que se vaya rápido, era mejor que todo hubiera quedado en un recuerdo. No, eso no pasará. No era así ella, pensó, gritaría *oh my God*, haría mucho ruido, lo celebraría, no pasaron un solo minuto al que no quisiera volver.

Tampoco era fácil calcular el tiempo desde que la conversación tomara vuelo, tras los *oh my gods,* los *can't believe it* y los abrazos, hasta que decayera lo suficiente como para que no le costara despedirse, porque si la cosa tomaba vuelo tendría que advertirle de que solo se había acercado para comprobar que en efecto era ella, que increíblemente era ella, para darle un abrazo, se disculparía: tiene compromisos, no puede estar demasiado tiempo, hasta cuándo estás. Nos vemos otro día. Por aquí estaré, adiós (que yo me vuelvo a mi vida y tú a la tuya, no te preocupes, es algo que se dice fácil con una mirada). Le da media hora al encuentro. Todo ello suma ochenta minutos. Son las cuatro y cuarto, a las seis tiene que volver con el coche para que Claudia recoja a Paula en el aeropuerto, lo podría hacer él, piensa, si lo hace tiene media hora más, pero lo querrá hacer Claudia, le prometió a Paula que la recogería ella, nada de taxis, ella misma le cogería las maletas y se las desharía si hiciera falta, luego cenarían los tres juntos, no tendría que usar una sola neurona, le dijo a Paula, ni ocuparse de nada, Claudia le dejó claro que no se separaría de ella un solo minuto, me da igual cómo estés, puedes llorarnos todo lo que quieras y en la fiesta seguro que conoces a otro, te tengo tres pretendientes, por lo menos te das una alegría: la pobre llora cada vez que se queda sola, está fatal, por lo menos ya ha dejado a ese inútil, que ya era hora.

Si sale ya, tiene ochenta minutos.

7

No aceleró al salir del puerto, incluso bajó la velocidad según se aproximaba al velero. Avanzó trazando una amplia curva en el agua, manteniendo siempre la misma distancia de unos cien metros y se asomó al costado del barco que no se veía desde el puerto, y confirmó que solo el chaval estaba en la cubierta a esa hora en que el sol pegaba fuerte y el viento había dejado de soplar. Seguía preguntándose a qué iba, qué razón le empujaba a irrumpir inesperadamente en un barco, a la hora de la siesta, ante aquella mujer con la que había vivido lo que había vivido porque antes había pactado que nunca jamás se buscarían. Hola, soy un amigo de tu madre, la quiero saludar. Y qué le dices si te pregunta cómo te llamas. Solo dile que soy un amigo, quiero que sea sorpresa. Eso es raro, piensa, pero vamos con eso. Él se levanta, avisa a la madre. Entonces ella saldrá: eres el del bar de esta mañana. Soy el de hace diecisiete años. Burning Man. Ya sabes. Y la cara que pondrá. La imagina sonriendo. La imagina asustada. La imagina seria. La imagina enfadada. Mientras completa un círculo alrededor del barco. Han pasado diecisiete años, ya da igual, ya has dejado de pensar en ella cada noche, has olvidado las canciones que ponía en su furgoneta, solo tienes gratitud, vienes a darle las gracias porque te ayudó a volver a dormir, a seguir con tu vida. Vienes a celebrar la casualidad de haberos encontrado, no quieres molestarla ni robarle tiempo, el pacto sigue vigente, pero pensaste que después de tantos años, si la vida te daba la oportunidad para agradecerle el bien que te hizo, había que aprovecharla. Quizá no lo puedas decir delante de ese chico, ni delante del resto de la gente que pudiera encontrar en el barco, basta con que le des las gracias sin dar más detalles, ella sabrá por qué. De esto no te arrepentirás, ni ella se enfadará por ello, siempre está bien dar las gracias, pensó: no necesitas otra razón para estar yendo a ese barco, lo haces porque debes dar las gracias. Hasta Claudia se benefició de que ella te ayudara a darle la vuelta a lo de Tomás, algo que él atribuyó a su encuentro con un fascinante psiquiatra australiano que él dijo que había conocido en el Burning Man, y que consiguió que Claudia también empezara a ver de otra manera lo que Tomás había hecho, sentir por fin compasión hacia el primo de su marido, aplacar la rabia que le provocaba su recuerdo, perdonarle. Qué suerte has tenido de encontrar a alguien así, le dijo a Diego, ojalá hubiera estado allí contigo. Me encantaría ir alguna vez. Llévame, pero él no lo hizo, no podía volver allí con Claudia.

Se encontraba ya lo suficientemente cerca del velero para leer el nombre en la popa. Estaba pintado a mano, con letras irregulares, sobre un nombre anterior que había sido tapado a brochazos pero que aún se transparentaba levemente. *Nepenthe, Arcachon*. Venían desde

Francia, eso tenía más sentido, les habrían invitado unos franceses. Una diminuta bandera francesa, deshilachada y descolorida, ondeaba arriba del mástil. Era un Bénéteau, probablemente de los ochenta, conocía bien aquel modelo, en un barco así cabían bien hasta seis, hace muchos años él había hecho una travesía desde Jávea hasta Mallorca en uno muy parecido con ocho amigos, muy apretados todos, pero cabían hasta ocho si uno se empeñaba. Despertaría a todos los que dormían ahí dentro con el motor de su llaüt, que cuanto más se acercaba, más ruidoso le parecía. Había una boya libre ahí cerca. Si la amarraba ahí mismo, podría llegar nadando, aunque no llevaba traje de baño, solo unas bermudas rosadas. Podrían pasar quizá como prenda acuática, para una americana cualquier cosa puede ser un traje de baño. El problema es que a la vuelta tendría que ir mojado en el coche, pensó, empaparía la silla del conductor, Claudia preguntaría por qué se había bañado en bermudas. Pensó que podría sacar el chaleco reflectante de la guantera para cubrir la silla y no mojarla, entraría en casa sin ser visto, se cambiaría. Algo inventaría en el camino de vuelta. Nadar hasta el velero no dejaba de parecerle la mejor solución para asegurarse una salida rápida y evitar verse atrapado en una conversación, en un aperitivo o una invitación a un vino, bastaba mirar al barco de repente, fingir preocupación, diría que estaba mal fondeado, el ancla garreaba, la boya no era suya y pronto vendrían a por ella. Me tengo que ir ya. Adiós. Solo había pasado para darle las gracias. Ella le había visto con su familia esa mañana, comprendería la situación, sería suficiente con decir gracias, no podía pedirle más, y él daría bien las gracias, le daría la mano de manera especial, o le sujetaría el brazo, sería con el tono, con la mirada como le diría todo lo que no podría decirle en ese gracias.

Diego amarró el llaüt a la boya, se quitó la ropa y se lanzó en bermudas al agua, comenzó a nadar hacia el velero. El chaval no le había mirado en todo ese tiempo, estaba absorto con su cabeza agachada, mirando hacia su guitarra negra, con una camisa de manga corta abierta y un gorro de tela bajo el que le caía una larga melena negra algo desordenada, pero bastante lisa. Una cortina de pelo oscura y brillante le tapaba la mitad de la cara, y entre dos mechones resplandecía un aro de oro que tenía de pendiente. Tocaba tan suave que Diego no fue capaz de escucharle hasta que estuvo ya muy cerca del barco, su canto era casi un susurro, no sabía si tarareaba o pronunciaba la letra. Solo cuando alcanzaba los agudos se reconocía alguna palabra, su esfuerzo parecía estar concentrado en hacerse con las notas de la canción. Diego no quiso interrumpirle sin escucharle un poco más, el chaval tenía una tableta apoyada en el muslo, y leía la letra y la partitura. Paró un momento, carraspeó y tras un silencio volvió a tocar la canción desde el principio, ahora con más fluidez y más volumen, como si ya la hubiera interiorizado. Elevó la voz entonces y le puso intención a la letra. *Hey you, out there in the cold getting lonely, getting old, can you feel me?* Diego no recordaba dónde la había escuchado ni quién la cantaba, pero creyó reconocer vagamente la canción. Trataba de acertar si era de una película, de la radio, de un vinilo, el recuerdo asomaba desde un lugar muy lejano pero tomaba cuerpo, palabras de la canción le vinieron a la lengua, un verso entero emergió intacto con su melodía *Hey you, don't help them to bury the light.* Ahora lo veía, la vieja moqueta blanca llena de manchas de ceniza del ático de la casa de Julián, el póster del *Rocky Horror Show* sobre la pared de gotelé, los inmensos cojines de colores por el suelo, las estanterías de contrachapado donde se apilaban miles de discos, a menudo en las fundas equivocadas, sin otro orden que los más escuchados amontonados encima de aquellos que ya apenas se escuchaban. Julián había desistido ya de intentar sacar la canción con su guitarra y se liaba un porro, pero Tomás no paraba hasta sacar de oído cada nota, y le ordenaba a Diego que volviera a pinchar, una y otra vez, el principio del vinilo hasta aprendérsela de memoria. Se pasó aquel verano entero tocándola, ¿de quién era? La portada era blanca. Recuperó otro verso completo, *Hey you, don't tell me there's no hope at all*, y atado al final de ese verso emergía como una proclama el verso final, tomaba aire en los pulmones de Diego, tensaba sus cuerdas vocales con fuerza y antes de que Diego pudiera darse cuenta, salía de su boca en forma de canto *together we stand, divided we fall.* Qué hago cantando. El muchacho se sobresaltó al advertir la presencia de Diego. Paró de tocar y le miró mudo.

—*Sorry, I didn't mean to scare you.* —Diego apenas distinguió su cara, el sol le daba de espaldas y proyectaba la sombra del gorro sobre sus ojos.

—*You know the song?*

—*Yes, but I can't remember who sings it.*

—*Pink Floyd.*

—*Of course.* —Eso era.

—*It's from The Wall.*

The Wall. La escena en que los niños caían en una

máquina de picar carne y eran triturados, el tipo cortándose las cejas con cuchillas. Cintas VHS amontonadas en aquel desván al que los padres de Julián jamás subían y en el que Tomi y Julián se aprendieron cada escena, cada diálogo de la película de memoria, igual que se sabían todas las canciones del disco como si fueran el credo de una secta.

—Quería decirle hola a... —A quién. No digas la de los tatuajes—. A la mujer de los ojos de dos colores.

—Mi madre.

—Es tu madre...

—Sí.

—Dile que soy un amigo... un amigo del Burning Man, de hace mucho, no se acordará de mi nombre, pero sabe quién soy, la he reconocido hoy en el puerto.

—Creo que estará dormida, voy a mirar. —El chico se fue al interior del barco.

Y ahora qué. Saldrá ella y no tardará en reconocerle, ya tiene el contexto, *un señor que dice que te conoció en el Burning Man hace mucho, que no te acordarías de su nombre pero que sabes quién es*. No necesita mucho más para saber que es él, o habrá hecho esto muchas más veces, con muchos otros hombres. Da igual, solo hace falta que salga, le mire unos segundos, escuche su voz, su acento. Puede que se haga la dormida. *Tú dile que estoy totalmente K.O.* Pero por qué iba a hacer eso, si se lo contaron todo, le lavó el pelo, le frotó la espalda, le dio de comer, le cantó al oído, le secó las lágrimas, le dijo que le querría siempre aunque no le volviera a ver. Por qué no se va a alegrar de volver a verte. Saldrá con un gesto de incredulidad, no puede ser él. Lo estará pensando ahora, cómo va a ser él, aquí, hoy, no puede ser, pero en cuanto salga: es él, y gritará de alegría al verte. Te va a abrazar y no te va a soltar en un buen rato, verás, acuérdate de cómo te abrazaba.

El chaval salió del barco solo. Se quitó el gorro de tela y con la mano se apartó la melena de la cara, ahora la luz le daba de frente y borraba todas las sombras de su rostro. Diego le observó: la nariz ancha, el hoyuelo de la barbilla, los ojos oscuros, el labio carnoso.

—Mamá está completamente dormida. —Esas piernas fibrosas, con las rodillas tan marcadas, las manos, esas manos. Las manos. Está todo tan claro—. Lo mismo se despierta en cinco minutos, si quieres subir y esperar un poco. —Vete ya. Vuelve al puerto. No le digas más de ti.

—Eh... Ya volveré en otro momento... ¿vais a estar mucho tiempo?

—Mañana nos vamos a Italia.

—Bueno... saluda a tu madre, un amigo del Burning Man, el amigo sin nombre, ella sabe quién soy.

—*Sure, bye.*

8

Diego nadó a crol hacia su llaüt, lanzaba los brazos hacia delante y tiraba de ellos con fuerza, como si trepara por una cuerda imaginaria, no sacaba la cabeza hasta quedarse sin aire, mantenía los ojos abiertos bajo el agua a pesar del picor. Era real lo que había visto, pensaba, no se había vuelto loco. El hoyuelo, la mandíbula, esa cara. Las manos, esas manos las había visto tantas veces... Estaba todo tan claro. Llegó a la popa de su llaüt jadeando, trepó a cubierta y se sentó de espaldas al velero. No lo mires más, pensó, no vuelvas la vista.

La boca le sabía mucho a sal, entró en la cabina y buscó hasta encontrar una botella de agua medio vacía con la que se enjuagó. Se sentó chorreando sobre un estrecho colchón de espuma encajado en la proa, lo palpó. Lo golpeó una vez, luego otra y otra, con más fuerza, hasta hacerse daño en la mano. Fue en un colchón como ese, ahora lo entendía todo. Tenía el mismo grosor, la misma textura que el colchón de la furgoneta de ella, y el espacio de la cabina del llaüt no debía de ser mucho más pequeño que el de esa furgoneta cuyo interior ahora veía de nuevo, con sus pequeñas ventanas cubiertas con cortinas de colores que al atardecer dejaban pasar por sus bordes unos sólidos haces de luz anaranjada que atravesaban la penumbra como focos. Allí fue. Golpeó de nuevo el colchón, estaba todo claro. Jugaron con esos rayos de luz que las cortinas no eran capaces de tapar, ella le propuso presentar cada una de las regiones de sus cuerpos aprovechando esos haces rojizos. Lo primero las cicatrices, cada una tiene su historia detrás, dijo ella. Había que ponerlas bajo el foco y contar cómo se produjeron. Empezó ella por la más grande que tenía, era larga, abultada y bastante ancha, le recorría gran parte de su antebrazo, la había aprovechado para tatuarse un pescado, el espinazo era la cicatriz desnuda, de ella sobresalían las espinas dibujadas, en un extremo la cola y en el otro la cabeza de un pez alegre y sonriente a pesar de haber sido devorado. Era la cicatriz de una operación, se cayó de un monopatín de adolescente, tratando de aprender un truco, y se partió el brazo en tres partes, le tuvieron que poner una placa de titanio. Diego aplaudió ese aprovechamiento estético de la cicatriz, ella le dio las gracias con un beso. El diseño fue idea suya, aclaró, y aseguró que desde entonces mucha gente la ha copiado, ahora todo el mundo se tatúa, pero entonces yo tenía diecisiete años y no era tan común, fue mi primer tatuaje, dijo, luego vinieron los demás. Un solo tatuaje se queda perdido en el cuerpo, me daba pena dejar este pez tan simpático ahí solito. Luego se levantó el flequillo, buscó el chorro de luz y lo puso sobre una cicatriz rojiza, a un lado de la frente. Tuvo que cerrar los ojos. Míralo rápido porque la luz me ciega, dijo. Es la típica cicatriz de borrachera. Se había bebido unos cuantos whiskies en casa de una amiga que tenía a sus padres de viaje, en el salón de la casa había una de esas puertas de cristal absolutamente innecesarias para separar ambientes y ella la rompió de un cabezazo, le dieron quince puntos en la cabeza. No recuerda mucho porque se desmayó, el padre de la amiga además les pasó una factura a sus padres en la que incluyó la puerta de cristal, la moqueta que estaba llena de sangre y que tuvo que cambiar y la botella de whisky, que encima era un Blue Label, por entonces ella no sabía que era tan ridículamente caro. Estuvo todo un verano trabajando en una heladería para pagarlo, y cuando lo hizo, se coló un día en casa de aquella amiga (que ya no lo era tanto) con una petaca y se llevó la mitad del contenido de la botella de Blue Label, porque lo cierto era que ella solo se había bebido la mitad y no había sido justo reponerles la botella entera. Diego rio. Luego ella le enseñó su muslo desnudo, muy cerca de su ingle tenía una línea curva muy tenue, la repasó con el dedo, apenas se apreciaba. Le preguntó si la veía, Diego no era capaz de distinguir la marca pálida de esa cicatriz contra el resto de su muslo tan blanco. Ya casi se ha borrado, es una cicatriz muy antigua, dijo. Le hizo acercarse para que la viera mejor, le sujetó la nuca con una mano y le apoyó la cabeza sobre su vientre, Diego solo podía fijarse en su coño, que estaba también bajo la luz, perfectamente depilado, solo quedaban dos finos trazos de vello, cortos y musgosos, que rodeaban los labios exteriores como un ojal bordado, pensó. Ella le agarró el índice como si fuera un pincel y lo arrastró por esa cicatriz como si la estuviera pintando. Era el mordisco del perro de un vecino que todo el mundo odiaba, contó, un viejo solitario que siempre iba de negro y tenía un dóberman que daba mucho miedo, dijo. Ella estaba paseando a su perrita Lily, una cocker spaniel, y el dóberman se escapó de su jardín, nos saltó encima, le arrancó una oreja a la perra y luego le mordió a ella en el muslo y no lo soltó hasta que el viejo le dio un grito al perro. A los dos días el dóberman apareció muerto, envenenado. Su padre siempre negó haber sido el autor del envenenamiento, pero ella sabía que había sido él. Ya no tenía más cicatrices relevantes, dijo, ahora era el turno de Diego, que seguía mirando absorto su pequeña vulva, acariciando su cadera. Cómo le gustaba que le contara sus historias, dijo, podría pasarse una vida así, encerrado en esa furgoneta escuchándola desnudo hasta quedarse dormido. Ahora le tocaba a ella escuchar historias, dijo, aquel rayo naranja del atardecer no iba a durar mucho más, el sol bajaba rápido: muestra tus cicatrices. Diego le advirtió que no tenía gran cosa que contar sobre ellas, la única realmente visible era una en la barbilla que se hizo cuando tenía cuatro años, no recordaba más que lo que le contaron sus padres, que tampoco estaban cuando pasó. Por lo visto debió de tropezarse contra una mesa estando con una chica que les cuidaba y una vecina le llevó al ambulatorio. No, él no tenía historias tan buenas como ella. Volvió su barbilla hacia el rayo de luz para iluminarla un instante, ella acarició la línea rojiza de la cicatriz con un dedo y se volvió de nuevo hacia aquel coño, empezó a lamerlo, ella rio. Me haces cosquillas, dijo, no es por ahí. Diego se ruborizó, confesó que le faltaba algo de experiencia en esa práctica, pero que tenía un coño tan bonito que solo quería chupárselo, quería aprender a chupárselo. Ella tomó el mando de aquella operación, se abrió de piernas y le colocó a él en una postura que le facilitaría aquella lección. Le pidió que fuera despacio, que hiciera algo de succión con su boca, y con la punta de la lengua, que rodeara el clítoris lentamente, no tan rápido, ahí no está, un poco más arriba, allí, eso es, ahora humedécelo, llénalo de saliva, saboréalo y gira la lengua alrededor, contra las agujas del reloj. Ella aplastaba cada vez más el coño contra la boca de Diego, que ahora sí, olía sin miedo su entrepierna y analizaba el sabor, pensó que le sabía a manzana, que era fragante, ligeramente ácido, sentía el bulboso e inflamado punto del clítoris, que hasta ahora no habría sabido localizar con certeza en los pocos cuerpos de mujer que había explorado torpemente, casi sin mirar y sin atreverse a preguntar, con Claudia hacía mucho que había dejado de intentar hacer del sexo oral algo placentero, ni ella se lo pedía ni a él le atraía la idea demasiado, pero ahora no quería salir de allí, y cuando ella le agarró la cabeza con fuerza y se la hundió entre las piernas sentía tal excitación que pensó que podría alcanzar un orgasmo sin tocarse. Aprendes rápido, dijo ella ya con la voz algo quebrada, la respiración más profunda. *Good boy*. Estoy ya muy cerca, le dijo gimiendo, le apartó repentinamente de entre sus piernas, le miró con furia y le dijo, ahora quiero que me folles todo lo fuerte que puedas, con todas tus fuerzas, hasta que nos corramos juntos. Diego la penetró inmediatamente y mientras lo hacía ella se escupió en una mano y empezó a masturbarse a la vez, eso le excitó aún más, nunca había visto a una mujer masturbarse así delante de él, mirándole a los ojos, con esos ojos asimétricos. La furgoneta entera se mecía, con ruido de muelles, de cajones, chirridos, me voy a correr, gritó ella, date prisa, quiero que te corras conmigo, córrete dentro, bastó esa frase para que Diego se corriera dentro de ella, sintiera las contracciones de su vagina sobre su pene, un cosquilleo en la cabeza, casi un desmayo. Estaba todo tan claro, no hacía falta saber más. Es mi hijo. Lo repitió una y otra vez, notó que la lengua se le movía en la boca al decirlo, ya no sabía si lo decía en alto o si solo lo pensaba.

Se acordó de una ginebra que había en uno de los cajones bajo el colchón. Abrió el candado que lo cerraba y dio un trago directamente de la botella. Le ardió en la garganta, lo alternó con otro trago de la botella de agua, y luego dio otro trago más largo a la ginebra. Sintió un calor que se extendía por todo su cuerpo, una ligereza en los miembros, un trago más y ya estoy, pensó, un buen trago. Dio otro sorbo muy largo que le hizo toser, comprobó que el líquido de la botella había bajado un par de dedos. Bebió agua de nuevo para apagar el ardor en su esófago. Mejor. Se asomó por una pequeña ventana de la cabina y vio al chaval tocar sin inclinar su vista hacia la tableta, ahora toda la intención estaba en la voz, cantaba bien alto, tanto que le llegaban las palabras *Hey you, don't help them to bury the light*. Sintió que los ojos se le licuaban, se hinchaban, su nariz empezó a segregar un caudal de mocos, respiró muy hondo, aún podía evitar el llanto. Su mano sujetaba ya la llave de contacto del motor del llaüt pero no era capaz de girarla: en cuanto encendiera el motor el ruido taparía esa voz en la que escuchaba a Tomás cantando la misma canción hace treinta años, taparía la música que hacían esas manos en las que había visto sus manos hace treinta años. Qué debo hacer, piensa, se repite, porque la he cagado, sí, la he cagado del todo, hasta el fondo.

Aprieta los puños y se muerde los labios cuando piensa que le ha pasado a él, cómo puede ser, a él, que jamás ha sido infiel excepto allí, en esa semana de locura, que estabas roto, que no sabías ni qué hacías, que te estabas quitando la pena de encima y ahora esto. No es justo, pensó, antes tendría que haberle pasado a su socio Alberto, que se acostaba con todas las que podía en cuanto se iba de viaje, y le contaba sus gestas, nunca tenía culpa, ni jamás un problema en casa, y a él, que solo tuvo esta historia, que la hizo bonita, que tuvo sentido, que no lo habló más que cinco minutos con Julián para decir que nunca más hablarían de eso, y ahora resulta que la ha cagado, hasta el fondo, no era justo.

Pensó en su padre, en esa máxima severa tantas veces repetida de que un Olabe siempre da la cara cuando hace algo mal, en aquel verano que descubrió que podía coger pinchos de tortilla en el chiringuito de la playa de Deba y comérselos sin declararlos, irse de vuelta a su toalla sin pagar, hasta que su padre se enteró un día de lo que hacía, y le hizo ir a confesar que era un ladrón, a pedir perdón, a pedir que le dejaran fregar platos toda la semana, barrer, lo que fuera, porque un Olabe siempre da la cara cuando hace algo mal, decía su padre: da la cara, mira a los ojos, admite que la has cagado y acepta las consecuencias, eso es ser un hombre, decía, y él siempre ha dado la cara, pensó, desde los pinchos de tortilla de ese verano hasta el primer fondo que montó cuando se fue del banco, él fue el único de los socios que fue a ver uno a uno a todos los inversores para sostenerles la mirada mientras se disculpaba por haber perdido todo el dinero que les habían confiado. La vida le había demostrado que dar la cara era siempre la mejor opción después de una cagada. Trató de imaginarse cómo se lo diría a Claudia, cuándo, con qué palabras, después del verano quizás, o esa misma tarde, al volver a casa. Mejor después de la fiesta. Mejor no decir nada nunca. A quién podría hacerle bien. Debía irse, pensó, era mejor irse, rápido, antes de que todo se joda para siempre. Pero si por lo que sea el chaval le busca en un futuro a él, y le identifica, pasaría a ser aquel señor sin nombre que vino nadando un día y que desapareció nada más verle, y qué pensará ese hijo de un padre que huyó tras el primer encuentro fortuito. No era imposible ya que eso ocurriera, le diría a la madre que por ahí pasó uno que decía que te conoció en el Burning Man, ella ataría cabos: el del café, ese que miraba. Encendió el motor casi sin pensarlo, como si su mano hubiera tomado la decisión por él. Su teléfono sonó, era Claudia. Apagó el motor.

—Han llegado las antorchas.

—Bien, menos mal. Una cosa menos.

—No, bien no, otra cagada de Silvia, yo pedí las de metro veinte y estas son de sesenta centímetros. La mitad.

—Ya, bueno... pero a ver, al final esto es para iluminar el jardín y ahuyentar mosquitos, ¿no da un poco igual la altura?

—No, no da igual, no se puede tener antorchas tan bajas en una fiesta, la gente puede quemarse, es un peligro.

—Claudia, relájate, son adultos, no se va a quemar nadie.

—Verás Julián, cuando vaya dando tumbos y se queme los huevos con una antorcha.

—Siempre con Julián.

—Llama a tu prima y exígele las que hemos encargado. Si llamo yo va a ser peor, te lo aseguro.

Diego dejó el móvil en el cajón donde estaba la botella de ginebra. Dio otro sorbo. Se tiró al agua y empezó a nadar hacia el velero, donde el chaval seguía tocando la misma canción en la guitarra. *Hey you, out there in the cold, getting lonely, getting old, can you feel me?* La letra volvía a su lengua, podía anticipar ya el siguiente verso, sentía el deseo de cantar.

9

—*You're back.*

Se lo había pensado mejor, le dijo, quería saludar a su madre. Cuando ocurren estas casualidades, hay que celebrarlas. El chico le invitó a subir y a esperar en cubierta, en algún momento su madre se despertaría, llevaba ya un buen rato dormida. Diego subió al barco por las escalerillas de popa, pudo ver un poco del interior, la puerta de la cabina estaba abierta, dentro se veía todo bastante vacío y ordenado, excepto por dos platos puestos en la mesa y un bol cubierto con papel de aluminio.

—¿Cuántos estáis en el barco?

—Mamá y yo.

—¿Viajáis solos?

—Hemos tenido unos amigos hasta ayer, se quedaron en Mallorca, y en Italia nos juntamos con mi tío y su mujer.

—¿Pero navegáis hasta Italia los dos solos?, este barco no es tan pequeño.

El chaval le contó que era un barco muy fácil de llevar, lo hacía todo él, hasta la comida y la colada. Su madre no se manejaba en el barco, dijo, solo tenía el título, que se había sacado para poder comprar el barco y hacer ese viaje, de Gibraltar a Estambul, es un proyecto que tenían desde que él era pequeño, llevaban toda la vida hablando de hacer ese viaje algún día y había llegado la hora. Si eres capaz de hacerlo tú todo, nos vamos este verano, dijo mamá. El barco se lo habían comprado a un francés en Gibraltar hacía quince días, habían ido costeando hasta Altea y de ahí saltaron a Ibiza. Se imaginó a Gonzalo y a Claudia solos, en una tormenta, con un mistral traicionero zarandeándoles.

—¿Pero no os da miedo ir solos? Este mar no siempre es tan tranquilo como parece. —Qué estupidez de pregunta, está claro que no les daba ningún miedo, pensó, tampoco tuvo miedo ella de viajar sola al desierto en esa furgoneta destartalada, ni de coger a un desconocido de la mano, drogarlo y llevárselo al rincón más oscuro y solitario, donde nadie la habría oído gritar.

—Comparado con el mar de Seattle yo diría que es bastante tranquilo… —De Seattle. La hacía de California, pero Seattle encajaba bien con la idea que en su día se hizo de ella, igual que encajaba en esa idea un viaje sola con su hijo, un hijo sin padre, viajar sola es la única manera de conocer gente, decía—. Si quieres te puedo ofrecer agua o *ice tea*, pero no está frío.

—No te preocupes por mí… esa canción me encantaba, la había olvidado por completo.

—Aquí la tienes.

El chaval le pasó la tableta, en la pantalla estaban la letra y la partitura. Empezó a tocar la parte instrumental del principio, con la cabeza gacha y la mirada perdida, cuando llegó el momento de entrar con la voz irguió el cuello, le miró a los ojos con una sonrisa para darle la pauta con la que arrancar. *Hey you, would you help me to carry the stone?* Esos ojos tan oscuros, qué bien los conoce, pensó, la forma de las cejas, como las de su hermano, como las de su hijo Gonzalo, el primo Hugo. *Open your heart, I'm coming home.* Pero era algo más, lo siente en el gesto que invita a entrar con él en una canción, que alzando las cejas le empuja a que alcance una nota más alta, con otro movimiento indica que baje un tono, ese hablar con la mirada se lo había visto a Tomi, en tantas tardes de domingo en el ático de Julián, sacando canciones de vinilos, en los días de lluvia en Deba, en el trastero de la casa de los abuelos, en parques de ciudades europeas donde no tenían dinero para otra cosa que no fuera sentarse en un parque a ver pasar la vida. *Hey you, don't tell me there's no hope at all.* Esa mirada como una mano tendida con la que entra en la música uno que tiene miedo a cantar, que ni sabe de tonos, ni de pausas, que se siente torpe y perdido cuando los que cantan y tocan empiezan a cantar. *Together we stand, divided we fall.*

—Es mi canción favorita de *The Wall.*

—Yo solo me acuerdo de la más famosa, cómo era... *We don't need no education.*

—«Another Brick in the Wall». —El chaval tarareó la canción, imitó la batería con la boca y golpeó la guitarra—. Le metieron un *disco beat* espantoso a ese tema. No es un gran álbum. Y todo lo que hicieron después no vale nada. Roger Waters se hizo con la banda, y se perdió lo que quedaba del espíritu psicodélico de Syd Barrett. —Así eran las conversaciones interminables, desesperantes, entre Julián y Tomi, comentando el mismo vinilo durante horas, poniéndolo una y otra vez, miraban los surcos, que para él eran rayas incomprensibles, y sabían exactamente dónde dejar caer la aguja para volver a escuchar el solo de guitarra desde la primera nota, se sabían todos los músicos como él se sabía todas las alineaciones de la liga—. Es que al final de los setenta o metías un *disco beat* o te enterraban vivo, los Rolling también lo hicieron, pero eran mucho mejores.

El chaval empezó a aullar con un falsete, u-u-uuuuu-u-u-uuu, le miró con una sonrisa a Diego.

—¿La conoces?

No, no la conoces.

—Me suena.

—*I've been holdin' out so long, I've been sleepin' all alone, Lord, I miss you.* —El chaval movía su cabeza alargando el cuello hacia delante y hacia atrás, marcando el ritmo de una percusión inexistente, que se hacía audible en la cabeza de Diego solo de seguirle los movimientos—. *I've been hanging on the phone, I've been sleeping all alone.*

—Sí, claro —dijo Diego—. Es muy conocida.

El chaval no le contestó, pero le invitó con la mirada a unirse a ese coro aullador. Diego no fue capaz de coordinar su entrada con él, enganchaba el coro justo cuando ya tocaba entrar en la siguiente estrofa. El chaval buscaba la mirada de Diego como quien ofrece la mano para arrastrar a una persona cohibida a la pista de baile. Las veces que Tomi había intentado eso mismo, hasta le regaló una de sus guitarras, le enseñó tres acordes, con esos tres puedes acompañarnos en todo, le prometía, se los marcó con pegatinas en los trastes. Diego guardaba la guitarra bajo la cama, para no verla, pues cada vez que la veía la sentía como un deber que no estaba cumpliendo y le incomodaba, un día su hermano pequeño le rompió una cuerda, no fue capaz de repararla, durante una limpieza a fondo de su cuarto pasó al armario en el que guardaban la ropa de invierno, no salió ya de ahí. Dónde estaría ahora esa guitarra, no alcanzaba a recordar qué fue de ella.

—Y tienen otra muy disco en el *Tattoo you*, que es su último disco bueno de verdad.

Empezó a sacarla de memoria, a marcar el compás reproduciendo la batería con la boca y los pies, luego transformó el ritmo de la batería en un movimiento del cuello y del torso, y empezó a cantar *If you start me up, If you start me up, I'll never stop. If you start me up, If you start me up, I'll never stop*. Estaba seguro de haber oído esta antes, pero nunca hubiera sabido quién la tocaba. Por qué le pasaba siempre con la música, si él jamás fue una persona desmemoriada: se sabía los teléfonos de tanta gente, segundos apellidos, códigos postales, capitales de países, la tabla de elementos, leía algo y se le quedaba, pero por lo que fuera no había desarrollado una memoria para las letras de canciones, tampoco para los títulos ni para los nombres de los álbumes, y le había parecido siempre que esa incapacidad de encontrar la música que le había gustado alguna vez, esa falta de oído, era uno de esos caprichos de la genética que le había tocado como a otros les toca la alopecia o el colesterol alto, y que seguía fijada como un legado genético ineludible en sus hijos. Qué poca música escuchaba él al cabo del día, qué poca música se escuchaba en su casa, porque tampoco Claudia tenía memoria musical, solo se apuntaban a listas que otros les pasaban, casi siempre era Julián quien escogía la música en cualquier ocasión que exigiera algo de música, y el único adulto que aún sacaba una guitarra en alguna cena y le arrancaba un coro si acaso era Luis, al que seguramente ya no volverían a ver jamás, habían tomado el lado de Paula después de que se separaran, y todas las amigas de Paula habían declarado a Luis *persona non grata*, no habría guitarra en su fiesta. Hubiera querido que sus hijos tocaran, les metió en piano, en guitarra, les premió cualquier avance, no tardaron mucho en aburrirse, uno a uno lo fueron dejando. Tampoco sus hijos escuchaban mucha música en sus cuartos, o quizá sí y solo era que él no sabía nada de la vida musical de sus hijos, que esa vida musical era una vida totalmente privada, en la soledad de los auriculares, en el secreto de sus móviles, pero por lo que les había oído poner alguna vez cuando venían amigos y necesitaban una barrera de sonido para camuflar las conversaciones en sus cuartos deducía que solo escuchaban canciones que le sonaban a terraza de verano, a la música del gimnasio, ese *chunda chunda* ubicuo que era la salsa de tanta canción indiferentemente diferente, nada que indicara un gusto diverso, o la exploración musical de esas mañanas de sábado en que Tomi y Julián le arrastraban para ir a comprar vinilos en Madrid Rock, en tantas otras tiendas que seguramente ya no existan, se pasaban cuatro horas mirando portadas de grupos que no conocían hasta decidir cuál se arriesgaban a comprar y cuando ya se habían gastado sus pagas en discos, le insistían para que se comprara uno que ellos querían y que terminaba por quedarse. No, definitivamente no había sido capaz de formar una familia con una cultura musical de ningún tipo, no se sabían canciones que pudieran cantar juntos, como aún cantaba su padre con sus hermanos en las sobremesas de Deba, no tenían canciones favoritas. Pero ahora le quedaba claro que esa falta de oído no era un destino genético que legaba a sus hijos, aquel adolescente que tenía su hoyuelo, sus manos, que eran también las manos de Tomi, estaba tocando la guitarra delante de él, se sabía todos los títulos de los álbumes, los nombres de los bateristas y los bajistas, el año de publicación de un disco.

—Cómo te puedes saber todas esas canciones, ni siquiera son de tu época.

—Ni de la tuya, no eres tan viejo... son clásicos del rock, las ponen todo el rato en todas partes. Las escuchas una vez y ya no se olvidan, por eso son clásicos.

—¿Pero cómo has aprendido a tocar tan bien?

—Toco fatal, estoy aprendiendo con vídeos de YouTube... La batería la toco mucho mejor, desde los siete años.

—Te gusta mucho la música, ¿no? —Qué estupidez de pregunta.

—¿A quién no le gusta mucho la música? Mamá dice que es de las pocas cosas que importan, que la música es lo único que puede salvar el mundo y que la gente a la que no le gusta la música está enferma... suena un poco hippy pero quiero creer que tiene algo de razón.

—Tu madre me enseñó muchísima música, tenía cientos de cedés en su furgoneta...

—Y todavía los tiene, nos hemos hecho toda América en esa furgoneta, una GMC del 96, ahora es mía, es el único sitio que tengo para escuchar cedés y casetes, tiene para los dos... y tengo los *mixtapes* de mamá y de sus amigos, que ya no tienen dónde escucharlos. Me encantan los *mixtapes*, son las mejores *playlists* que se han hecho, la gente se los trabajaba un montón, *mixtape* para viajes largos, *mixtape* para la chica que te gusta pero no te hace caso, *mixtape* para que no te olvides de mí este verano... Había un primo de mamá que tenía uno loquísimo solo con versiones piratas de «Stairway to Heaven» en directo... Y dibujaban los lomos de las cajas de las casetes con letras muy elaboradas, con rotuladores de colores, trabajaban también las portadas, a veces las ponían con cinta dymo, o con fotocopias, algunas me gustan más por las cajas que por la música que tienen. Habría que hacer un museo de *mixtapes* de los ochenta y los noventa.

—«Stairway to Heaven»... de esa me acuerdo, tenía un primo que hasta que no se la aprendió entera no salió de casa, era una obsesión, ¿te las sabes?

—A ver, no soy tan fan de esa, pero la sacamos...

El chico puso la canción en su tableta y buscó la partitura. Le pidió a Diego que se la sujetara. Tomi y Julián se compraron sus guitarras cuando descubrieron a Led Zeppelin, ahí empezó toda su fiebre musical, fue como la llegada de una nueva religión, Julián dejó de jugar al fútbol ese año, y empezó a fumar, Tomi peinó todos los alrededores del rastro hasta encontrar una camiseta de aquel grupo. Quedaban para escuchar discos de Led Zeppelin totalmente absortos, con la misma atención que uno ponía en una película de cine. Le resultaba incomprensible, se aburría, pensó que los había perdido para siempre. Los *mixtapes* llegaron poco después, a Julián le compraron una cadena de música que grababa de vinilo a casete y se pasaban la vida grabando cintas para evangelizarle, mira este solo de guitarra, siempre era el solo de guitarra, mira hasta dónde llega con la voz, mira la batería en esta canción y él no veía nada, era incapaz de entender esa excitación. Dónde habrían ido a parar todas esas casetes, en qué viejo coche se habrían quedado, en qué cajón del trastero de sus padres, en qué basurero. Qué no daría ese crío por ellas, que las coleccionaba con el afán de un arqueólogo, ese adolescente que ahora trataba de tocar esa canción con la que Tomi y Julián habían sentido un fervor de conversos, hacía treinta años ya, a la misma edad que tenía él ahora. *There's a lady who's sure, all that glitters is gold, and she is buying a stairway to heaven.* Ya la había sacado.

—La verdad es que es muy cursi esta canción, ¿no? Mi madre cambia de emisora inmediatamente cuando la ponen, como la despertemos con esta me mata. —Dejó la guitarra apoyada en la cubierta y le sonrió—. La letra de esta canción no tiene ningún sentido, Led Zeppelin tocaban muy bien pero eran malísimos con las letras, ¿no te parece?

No se había parado a fijarse en las letras, le confesó. No se le quedaban las letras, y menos en inglés, explicó. Él era un tipo más de números y de ciencias, un ingeniero de telecomunicaciones. *Wow.* Le cambió la cara, miró a Diego con renovado interés: *you gotta be smart then, engineers are very smart*, dijo, no hay tantos ingenieros. Su tío Bill, que es la persona más lista que conoce, es ingeniero. El tío Bill siempre le decía de pequeño que si quería ser inventor, que es lo que él decía que quería ser, lo mejor era estudiar ingeniería, y ahora Bill trabaja en una empresa que hacía los sistemas de propulsión de la sonda que explora Marte. Los ingenieros siempre trabajan en cosas interesantes. Le preguntó a Diego qué hacía él.

—Trabajo en banca de inversión.

—¿Qué hace un ingeniero en un banco?

Diego le aclaró que no hacía nada de ingeniería, no era inventor como su tío Bill, lo suyo era bastante más aburrido: analizaba empresas, invertía en ellas para hacerlas crecer y cuando la empresa se revalorizaba vendía su participación. El chico quería saber qué tipo de empresas, Diego le miró a los ojos para comprobar si aún mantenía esa expresión de interés que le iluminó la cara cuando le dijo que era ingeniero y él dijo *wow, you gotta be smart*. Le reconfortó ver cómo le devolvía la mirada atenta de alguien que espera respuesta. No, aún no le había decepcionado del todo, pensó, y le contó que invertía en cualquier tipo de empresa de tamaño mediano que pensara que pudiera crecer con un poco de ayuda y hacerse más valiosa en cuatro o cinco años, que es el tiempo que su fondo se mantiene en una empresa antes de marcharse de ella, aunque a veces se tienen que ir antes porque las cosas van muy mal y otras se tienen que quedar un poco más porque tardan en crecer. En su cartera tienen de todo, le explicó, una empresa que hace galletas, otra que fabrica muelles para automoción, porque aunque no lo crea en un solo coche hay más de mil tipos de muelles diferentes, en el acelerador, el cinturón, las puertas, las ventanillas, y son todos muelles de gran precisión que tienen que pasar muchos controles, uno puede morir si uno solo de esos muelles falla. También tiene una inversión en un laboratorio de biotecnología alimentaria, y patentan hongos y bacterias para procesos de fermentación con los que se hacen cervezas, panes, yogures. Acabamos de invertir ahora en una empresa que tiene granjas de atunes en el mar, los van dejando crecer, monitorizan el peso de cada uno, su desarrollo, los alimentan con sardinas y cuando ya tienen el peso óptimo, las grasas que le dan el sabor, buscan un comprador antes de sacrificarlo, que suelen ser siempre japoneses, y mandan los atunes frescos en avión hasta la lonja de Tokio, sin congelarlos, para no alterar el sabor. Es un poco como tener vacas en un prado.

—*Sounds cool.*

Sounds cool. Lo repitió en su mente para volver a oírlo. *Sounds cool.* ¿De verdad lo dices?, le preguntó, y a la vez se arrepintió de hacerlo, qué patético eres, Diego. Él se lo aseguró de nuevo, *way cool*, dijo. A Diego le pareció una expresión sincera de aprobación a su trabajo, si alguien en todo el mundo tenía alguna credibilidad calificando algo como *cool* era aquel chaval, pensó.

—¿Y tú qué quieres ser?

Era una pregunta difícil, dijo, quería ser muchas cosas. Suspiró abrumado, cogió de nuevo la guitarra y empezó a improvisar con la mirada perdida en el mar y media sonrisa. Le gustaba la física, la astrofísica en particular, los agujeros negros y toda la idea de que el tiempo se puede acelerar o ralentizar, los universos paralelos, la materia oscura, todas esas cosas, dijo. Diego le contó que se había comprado un telescopio muy grande para ver estrellas, el chaval le dijo que él también quería uno, pero que en Seattle había mucha nube de noche y no era buen sitio, que le gustaba conectarse por internet a los grandes telescopios. El James Webb lo había cambiado todo. También le interesaba la física molecular, el universo es igual de interesante en lo minúsculo, dijo, las cosas pequeñas son tan interesantes como las estrellas, por ejemplo la fusión nuclear, eso sí que le llamaba la atención. Le preguntó si sabía la diferencia entre fisión y fusión. Vagamente, dijo Diego, de manera tan poco convincente que al chaval se le iluminó el rostro ante la posibilidad de explicarle lo que sabía al respecto, como un divulgador respetuoso que primero pregunta para dejar claro que no asume el nivel de conocimiento o ignorancia de su interlocutor. Le refrescó a Diego toda la anatomía de un átomo, dejó la guitarra y tomó un cuaderno que tenía por ahí, con un lápiz, y empezó a buscar una página en blanco para dibujar, había muchos dibujos y apuntes en su cuaderno, calas, iglesias, otros barcos. Diego quiso parar para mirar los dibujos, ¿te gusta dibujar?, le preguntó, y pensó, qué pregunta más obvia, estaba claro que le dedicaba horas a dibujar, a observar el mundo alrededor, el chaval ni le escuchó, estaba lanzado a dibujar todo el proceso de la fusión. Era claramente un tema que le producía auténtica fascinación, él pensaba de la fusión nuclear lo que su madre decía de la música, dijo riendo: que podría salvar el mundo. Cambiaría el orden mundial, la energía sería gratis y limpia, sería increíble, ya no habría guerras por recursos naturales, se podría desalar toda el agua que quisiéramos del mar y convertir los desiertos en selvas, porque los desiertos fueron selvas alguna vez. Mientras le cantaba las ventajas de esa energía que salvaría el mundo, Diego pensaba en sus hijos, ninguno aspiraba a salvar el mundo, ni siquiera sabían muy bien qué harían con su vida. Martina iba a empezar ADE en septiembre, con muy poca fe y mucha desgana, porque no sabía en qué quería trabajar, los mellizos ni se hacían la pregunta de qué hacer aún, y él se conformaba con que sacaran buenas notas, con que Gonzalo siguiera en el equipo de hockey del colegio y Lola en el de fútbol, con que hicieran sus camas cada mañana, dieran clases de golf, no les olieran los dedos a tabaco al volver a casa, con que le dieran besos de buenas noches y dijeran siempre gracias y por favor. Qué poca curiosidad mostraban por el mundo, la misma que él les había transmitido, la misma que Claudia. Eran buenos hijos, sí, todos sus amigos se lo decían con admiración, hasta con envidia: cómo lo has conseguido, hablaban inglés, disfrutaban de los deportes, o por lo menos no les costaba practicarlos, no iban mal en matemáticas, ese había sido su miedo, que suspendieran matemáticas, que entraran en ese bucle de los suspensos como Julián, que quedaran atrapados en la mediocridad académica. Eran buenos hijos, tanto como lo había sido él, pero al lado de aquel muchacho qué poca cosa le parecían de repente.

Me gusta lo que aún no se entiende del todo, le dijo cerrando su cuaderno, tras explicarle todo aquello de la fusión nuclear. Le atraía mucho lo que aún queda por explicar. También la psiquiatría y la neurología, por las mismas razones, porque el cerebro humano aún no se entiende. Le gustaba lo que no se entendía, repetía con insistencia. Lo que está aún por descubrir. Era difícil escoger qué quería hacer, quizá se tomaría algún año después del instituto para decidir bien qué quería ser, no lo tenía nada claro. Preferiría haber nacido hace siglos y poder salir en un barco sin destino, navegar hacia esas esquinas de los mapas antiguos donde los cartógrafos pintaban dragones, y escribían en latín «*hic sunt dracones*», aquí hay dragones, eso lo había visto una vez en un libro de historia de la navegación, y descubrir islas, tribus no contactadas, aves de colores. Pero eso ya no se puede hoy, porque todo está descubierto y a vista de satélite, por eso había que mirar al espacio, al cerebro, o los átomos, no sé. Siguió improvisando en silencio con la guitarra.

Diego estuvo a punto de decirle que le recordaba mucho a un primo suyo. A tu tío Tomás, que era un poco como tú y acabó ahorcándose. Mejor no le hables de él. Le preguntó si podía mirar su cuaderno, le habían gustado los dibujos.

Era su cuaderno de viaje, le explicó, cada vez que fondeaban en un lugar de la costa dibujaba el terreno y ponía las coordenadas, apuntaba la temperatura del agua y la temperatura exterior, la fuerza y la dirección del viento, la profundidad y el nombre del lugar. Si había un barco que le gustaba cerca, lo dibujaba, pero solo los de vela. Los otros no le interesaban. Apuntaba siempre los nombres y sus puertos de origen, le encantaban los nombres de los barcos, era más difícil poner nombre a un barco que a una persona, dijo. Diego empezó a mirarlo, página a página, deteniéndose en cada detalle como si redibujara cada dibujo con sus ojos. Habría que hacer un libro de nombres de barcos, dijo, todos tienen una buena historia detrás. Le preguntó a Diego cómo se llamaba el suyo.

—*Boga boga.*

Le explicó que era una vieja canción de marineros, muy popular en la región de donde venía su familia. La canta alguien que se está despidiendo de su tierra porque va a cruzar el mar y se va a ir a las Américas, y no sabe ya si vuelve, o si se quedará o si se ahogarán por el camino, esas cosas que pasaban en otros tiempos.

Y siguen pasando, interrumpió el chico. En el Mediterráneo se ahogan todo el rato, a nosotros nos advirtió el que nos vendió el barco en Gibraltar: id con los ojos abiertos, sobre todo de noche, hay barcos cargados de inmigrantes. Tienes razón, dijo Diego. No lo habías pensado, qué pronto va a descubrirte, sigue hablándole. Es una canción en un idioma muy raro y muy antiguo, que hablan en el norte de España, cerca de Francia, y le explicó quiénes eran los vascos, una nación de marineros, le dijo, que él era hijo de vascos, y se sentía algo vasco aunque no hablaba la lengua, ni siquiera sus padres la hablaban ya, pero las canciones sí que se las sabían, una abuela suya sí que lo hablaba, y aún vivía, era el idioma más antiguo de Europa, anterior al latín, nadie sabía de dónde venía. Había oído hablar de los vascos, le dijo con un tono en el que percibía la excitación de alguien que acaba de toparse con un inesperado interés común, los vascos aparecían a menudo en el libro de historia de la navegación que leyó: el primer hombre en completar la vuelta al mundo era vasco, recordaba. Elcano, le dijo Diego. Juan Sebastián Elcano. Ahora el chico quería escuchar la canción, ver cómo sonaba esa lengua de marineros, le pidió a Diego que se la cantara. Otra decepción, pensó. No recordaba más que fragmentos, solo le venía la letra cuando acompañaba a su padre, a sus tíos. Hay que cantarla en coro, entre muchos, es una canción de grupo en realidad, una canción que se canta en la mesa, sin instrumentos, después de una comida muy larga, con mucho vino en el cuerpo. Mi tío siempre decía que es una canción muy triste, para momentos muy alegres. Me gusta esa idea, dijo el chico: música triste para gente alegre, podría ser el título de un álbum, ¿no? Lo apuntó en su cuaderno. Para él nunca fue alegre, pensó Diego, porque siempre supo que con él, con sus hermanos, con sus primos, se acabaría la memoria de todas las canciones de sobremesa que cantaban su padre, sus tíos, la abuela, mientras se terminaban el vino y el queso en la casa de Deba, donde hacía ya tantos veranos que él no iba, porque no cabían ya en la casa, los pisos de alquiler eran deprimentes, Claudia y los niños odiaban aquel pueblo en que el agua del mar estaba fría, llovía cada dos días, los locales miraban con cara de asco, sus hijos no se habían hecho amigos de los hijos de sus primos, y el ático de la casa seguía lleno del recuerdo de Tomás, de las tardes donde él perdía el tiempo y Tomás lo ganaba sacando una canción.

—¿Y *Nepenthe*?

—Se lo pintó mamá en Gibraltar.

—¿Qué significa?

—No-dolor... Es griego antiguo.

—Y cuál es la historia.

Calló un momento, bajó la mirada, agachó la cabeza y la sombra cayó sobre su cara. A Diego por un momento le dejó de parecer un adolescente, y vio en él un gesto que solo los años dejan en una cara.

—Ella te lo explica mejor, el nombre se lo puso ella —dijo, y cogió la guitarra y empezó otra vez con el comienzo de *Hey you*, pero ya no cantaba, hacía variaciones de acordes, la cabeza inclinada sobre la guitarra y la mirada perdida en el agujero, ausente.

Se había escapado al mundo de la música, pensó Diego, ya no estaba ahí con él. Lo hacía Tomás también, se enredaba con unos acordes y empezaba a tocar para sí mismo, el tiempo y la gente a su alrededor desaparecían, dejaba de estar ahí, a Diego le daba tanta envidia ese mundo al que se había escapado, un mundo inaccesible para él, que era incapaz de subirse en la música y dejarse llevar por ella a ese otro lugar donde Tomás parecía estar a salvo del tedio, de las tardes de lluvia, de la soledad.

A pesar de lo fluido de la conversación, el chico no iniciaba nunca el momento de las presentaciones. Pensó si preguntarle su nombre, quería saberlo, pero le pareció que en cierto modo eso era romper las reglas de aquel pacto que hizo con su madre. Si le preguntaba por su nombre, seguramente el chico le preguntaría por el suyo. Mejor dejar las cosas así, hasta que salga la madre y quizá se renegocien las reglas. De todas formas, tenía ya un dato que le permitía identificarla en el momento que quisiera, bastaba saber el nombre del barco para tirar de ese hilo y averiguar cómo se llamaba ella, su nombre ya estaría inscrito en el registro que rellena todo barco que fondea en Fornells. Serían datos protegidos, pero siempre hay una manera de conseguir las cosas. No sería difícil, pensó, ya era solo una cuestión de si quería respetar las reglas del juego, de si quería identificar a aquella mujer, localizar al hijo, o si prefería que permanecieran para siempre sin nombre. En el momento en que ella se despertara, asomara por cubierta y pudiera hablar con ella, empezaría a preguntar. La lista de preguntas había crecido mucho tras conocer al hijo. ¿Querría ella saber su nombre en este nuevo encuentro? ¿Querría ella algo de él ahora? Qué sería lo peor que podría pasarle cuando saliera de su siesta y le reconociera, piénsatelo bien, Diego, que a lo mejor es el momento de tirarte al agua y no volver. Qué será lo peor: que te exija ser padre, que te pida una prueba, que lo tengas que contar todo en casa. Veía todo el drama, el escándalo, Claudia no le abandonaría, pensó, dejaría de hablarle un tiempo, le mandaría a otra habitación, sería él quien tendría que decidir si querría vivir castigado, ya lo estaba en cierto modo. Esta podría ser la razón definitiva para mandarlo todo a la mierda. Comprobó con sorpresa que no le daba miedo mandarlo todo a la mierda si era para contar que aquel adolescente era su hijo, porque de aquel hijo no se iba a desdecir. Deseó de repente que lo fuera, que aquella mujer saliera y se lo confirmara, hacerse una prueba para tenerlo en un documento legal y vinculante ante cualquier justicia, la estadounidense y la española, cuánto tardaría esa prueba, dónde la haría. Diría que tiene que ir a Palma o a Madrid por trabajo, a donde sea que pudiera hacerse la prueba, se llevaría a ese chico y saldrían de toda duda, pasarían unos días juntos los dos, los tres, ella también. Cómo lo contaría en casa. Esperaría a la fiesta, no se podría hacer antes de la fiesta, demasiado escándalo. Primero a Claudia. Se lo explicaría tal cual pasó, acuérdate de cómo estaba yo cuando lo de Tomás, empieza por el momento en que la conociste, tú perdido en ese gentío, rompiste a llorar lo que hasta entonces no habías podido llorar, te consoló, lo que pasó después no lo viste venir. Lo sientes mucho. Perdona. Cómo me has podido hacer esto, cómo has podido hacerle esto a tus hijos. Los niños oyendo los gritos desde su habitación. Portazo. Silencio.

No te va a dejar hablar, no va a escuchar la versión larga. Mejor se lo explicaría a todos a la vez, no dejaría que Claudia condicionara la primera impresión de sus hijos. Contaría bien en qué contexto ocurrió, él estaba roto, tenía toda esa culpa que no le dejaba ni respirar, tuvo una crisis allí, ella le cuidó, habló mucho con ella, terminaron liándose, algo que nunca ha hecho ni ha vuelto a hacer, lo jura por todo lo más sagrado. Te tienen que creer aquí: solo fue esa vez, no pretende poner la muerte de Tomás como excusa para algo que estuvo mal hecho, solo quiere que le entiendan. Después no supo nada más de ella hasta ahora, jamás la buscó, no volvieron a hablar, se la ha encontrado de pura casualidad y ha descubierto que tiene un hijo. Esa es la verdad.

Martina se reiría, pensó. Haría un chiste: lo sabía, es esa hippy a la que mirabas en el bar, y tú disimulando. Gonzalo se enfadaría mucho, ya no era el hijo, el único hombre, qué decepción. Lola era opaca, se quedaría callada mirándole, con gesto muy serio, no le haría saber lo que pensaba, no lo averiguaría nunca, ese silencio sería su castigo. Claudia estallaría. Yo con un bebé en casa y tú una semana de fiesta, follando y drogándote. Claro que se te pasó lo de Tomás, así cualquiera hace su duelo. Quizá no estallaría, pensó, quizá lo entendiera todo con generosidad, a Paula la entendió cuando se lio con el holandés, incluso la defendió, no fue para tanto, dijo, se vieron cuatro o cinco veces, eso no era como para separarse, y Luis confesó después que se había liado con otra en uno de esos viajes que hacía, no rompes un matrimonio con tres hijos por un desliz, decía, al revés, te pones las pilas. Eso había dicho.

Quizá no estallaría, apretaría los labios, sería fría, iría rápido a resolver la cuestión más pragmática: qué van a querer de ti, a qué te obliga esto, llama a Emilio ahora mismo. Y que no se entere toda España. Ella no querría nada, no era ese tipo de persona. Y Emilio le diría: te cuento yo todas las demandas que me han llegado de personas que no eran ese tipo de personas hasta que tuvieron la oportunidad de serlo. ¿Querrá ella algo de él? Seguro que no, pensó, y a la vez no pudo evitar un cálculo rápido, casi reflejo: el barco tendría quince años, habría costado unos ochenta mil euros, algo menos quizá. Los amarres de todos esos puertos, desde Gibraltar a Menorca, y luego los de Italia, Grecia, hasta Estambul. Todo el tiempo que pasarían sin trabajar, al menos dos meses, quizá más. Ella tenía dinero, cómo si no. No necesitaban el suyo, y si lo necesitaban, qué importaba. Él feliz de pagarle la carrera de astrofísica a aquel adolescente, aunque él no querría ni que se la pagara, porque los americanos tienen esa forma particular de orgullo, el de hacer las cosas sin ayuda de nadie, y más un tipo capaz como aquel. Tenía dinero de sobra para comprarle un piso a él también, como se había propuesto hacer con sus otros hijos, se pusiera Claudia como se pusiera, probablemente no querría, de la misma manera que no querría que le pagaran la carrera, un piso dónde, además, un americano de esa edad no piensa en tener un piso en ninguna parte, solo quiere moverse. Quizá ni siquiera lo necesitara, pero le correspondía, igual que en el testamento le correspondía una cuarta parte de su herencia, era lo justo, eso no admitía discusión, él le había traído al mundo de una manera irresponsable, no había estado para él y le tocaba pagar por ello, era lo mínimo que podía hacer por ese hijo, lo mínimo. Un Olabe siempre da la cara, se repetía, un Olabe siempre da la cara, y mientras se lo decía, el ansia de que ella se despertara iba creciéndole, quería verla ya salir a cubierta y dejar de anticipar todo lo que podría pasar, deseaba que todo lo que tuviera que pasar se precipitara ya, de la manera que fuese. La imaginaba saliendo de su siesta, extrañada, tú eras el del bar al mediodía, sonríe, el que me estaba mirando, Diego le dice que es él, que se conocen de aquel Burning Man, jamás se presentaron, ese era su juego, no decir nombres. Qué hace ella. Se queda muda. Se alegra. Corre a abrazarle. Se pone nerviosa. El chaval les observa, desde la proa, con su guitarra. O no les observa, está absorto en la música, se ha ido a su mundo. Hace que no les observa, pero les observa. Ella no quiere hablar delante del chaval, quiere que se vaya. Ella le ha contado a su hijo que su padre fue uno que conoció en el Burning Man, y el chico lleva todo el rato haciendo como que no sabe que es su padre, pero también él lo sabe, ya ha atado cabos, disimula. O no. Quizás ella le contó al chaval que no sabe quién es el padre, porque realmente no lo sabe, en esa época se acostaba con mucha gente que no volvió a ver. Qué más puede haberle contado ella, pensó. Puede haberse inventado cualquier cosa. Tu padre murió. Por ejemplo. Qué más puede haberle dicho, uno siempre quiere saber cuál es su origen, y al chaval no le cambió la cara cuando le dijo que era un amigo de su madre, del Burning Man, de hace muchos años. Qué sabe de su padre aquel chaval, quizá lo sepa todo, y su padre es un tal John, de Seattle también, con un hoyuelo en la barbilla también, un tipo con el que vive una semana sí y la otra no, y a lo mejor te estás inventando toda una película absurda, Dieguito. A lo mejor. Pero ese hoyuelo, las manos, la frente. Cómo se lo vas a preguntar. Allí delante del chico no es buen sitio. Le ofrecerá darse una vuelta en el llaüt, piensa, hasta el final de la bahía, o irán a por una cerveza al puerto, lo que quiera, lo que pida. Él se lo preguntaría en el momento que estuvieran sentados en el llaüt: *a very smart kid, who's the father, if I may ask?* Quizá más directo: me recuerda a mí cuando era pequeño, las manos, el hoyuelo, la forma de las cejas.

—¿Tu madre lleva mucho tiempo dormida?

—Dos horas.

—Menuda siesta.

—No ha dormido bien esta noche.

A lo mejor se ha emborrachado y la está disculpando. Quién no se emborracha en un barco, no hay otra manera de soportar un barco.

Las bermudas de Diego empezaban a secarse. En la bahía no soplaba nada de la brisa que agitaba su jardín, sentía el sol quemándole la espalda. Le pidió crema, y el chico se metió en el barco a por ella. Escuchó voces dentro del barco, era una conversación que no se llegaba a entender, pero que dejaba adivinar el timbre de la voz, el tono. Ella estaba despierta, hablaba muy pausado, muy bajo, frases cortas con la entonación de una pregunta. Él hablaba mucho más, se extendía, se le oía mejor, alguna palabra le llegaba, *friend, name, Burning Man, here, swimming*. Pasos. Ella salió, con el pelo enmarañado de quien se acaba de levantar y aún ni se ha mirado al espejo, los ojos todavía medio cerrados por el paso de la sombra a la luz del día, fue abriéndolos con asombro. A Diego le pareció que su gesto podía llegar a ser una sonrisa, aunque no lo era del todo, quiso creer que había algo de alegría en ese asombro. El corazón le empezó a latir aceleradamente.

—*Remember me*?

—*So that was you at the café... This is so crazy.*

—*Very crazy.*

Ella caminó hacia él, sin dejar de mirarlo intensamente, le abrazó con fuerza, se apretó a su cuerpo en silencio, sin decir más, sin prisa alguna por soltarse. Diego la abrazó de vuelta, sintió los dedos de ella hundiéndose en su espalda, él hundió los suyos en la espalda de ella, la notó mucho más flaca, sintió huesos donde antes había carne, qué le había pasado, se había deshecho. Olió su pelo, su cuerpo, y entonces sí, allí fue ella otra vez, y todos los abrazos que ella le había dado acudieron a ese instante, y se acordó del último, cuando se despidieron pensando que jamás se volverían a ver. Pensó que seguramente no había llorado desde aquella despedida, se daba cuenta ahora. Las despedidas tienen que ser cortas, le decía ella entonces, y las bienvenidas largas. Vámonos ya, no alarguemos este momento, es peor. Fue ella la que se soltó del abrazo, le besó los ojos, le lamió las lágrimas con un lametazo canino y una carcajada, y se fue hacia su furgoneta con paso firme y ligero. Él no dejó de mirarla mientras se alejaba, clavado en donde ella le había dado ese último abrazo, incapaz de moverse, esperaba a que se diera la vuelta para mirarle una última vez, pero no lo hizo. Nunca más volverás a verla, pensó mientras se alejaba, nunca, nunca, y sin embargo ahora la tenía abrazándole, no se soltaba, no decía nada tampoco, apoyaba la cabeza contra el pecho de Diego.

—Las despedidas tienen que ser cortas, las bienvenidas largas —dijo Diego.

—Eso me lo inventé yo —dijo riendo.

—Lo sé. Me acuerdo de todo.

—Yo también me acuerdo de todo.

El hijo los miraba desde la popa, con la crema de sol en la mano.

—Ese es mi barco.

—*Very cute.*
—¿Puedo llevarte a tomar algo?
—Vamos.

10

Y ahora adónde la llevas, pensó mientras nadaba hacia su llaüt para acercarlo al velero y recogerla, mientras ella se hacía con su sombrero y su bolso. Un sitio bonito, que tuvieran champán, había que celebrar, no le preguntaría nada de lo que quería preguntarle hasta la segunda copa por lo menos, hasta que estuviera claro que estaban celebrando lo que fuera que viniese después, con las respuestas.

Si doblaba al oeste de la bahía tardaría media hora mínimo en llegar a ese *beach club* sin gracia, pero con vistas. Diez minutos para fondear. Media hora de vuelta. Una hora y cuarto, y a eso suma la conversación, una botella entera, no se iban a dejar una sola gota de la primera, y podría caer la segunda en función de la conversación, esa se la podrían ir bebiendo en el camino de vuelta. Hacia el este se tardaba cuarenta y cinco minutos, pero estaba la playa de Son Saura, era todo más bonito. Hora y media. Y la hora para tomar algo y hablar. Diez minutos el atraque en el puerto. Quince minutos el coche. Dos horas y media mínimo. Tres quizás. Imposible llegar a devolverle el coche a Claudia para que recogiera a Paula en el aeropuerto, tendría que poner una excusa: un *call* inesperado con Alberto, la operación con los canadienses, no saben lo que es agosto en España, acaban de despertarse en Toronto y les han entrado las prisas. Llega para la cena, que coja un taxi. Media hora para cambiarse y salir a cenar. Todo muy justo. ¿Y no podías hacer la llamada desde casa, tenías que quedarte en Fornells? Mejor esta: amor, me acabo de encontrar con una amiga americana, una casualidad increíble, está de paso en un barco con su familia. Me quedo un rato con ellos tomando algo. Pero si te lo dije, le prometí a Paula que la recogía, no le hagas explicar al taxista cómo se llega, vuelve. No tiene ningún misterio, le mando la ubicación y que se la pase al taxista. Que no es porque sea complicado, es porque le dije que iba, está llorando por las esquinas, no la voy a dejar tirada en el aeropuerto porque tú te hayas encontrado a una de repente, quedas luego con ella, como si no vienes a cenar. No, no, esto es mucho más complejo de lo que te imaginas, la tipa no es una cualquiera, me acosté con ella veinte veces sin condón en el Burning Man y se ha plantado aquí con un adolescente que tiene un parecido asombroso conmigo, tienes que ver el hoyuelo de su barbilla. Como comprenderás, tengo que averiguar si es mi hijo o no, creo que esto es bastante más importante que ir a recoger a la inútil de Paula. No, no llego a dejarte el coche.

Trepó por las escaleras del llaüt, y se fue a cobrar el ancla. Tres horas juntos podrían ser demasiado, quizás se les acabara la conversación, el silencio sería incómodo. Luis lo decía en un artículo que generó una larga discusión en una de esas cenas en su casa que ya no se volverían a hacer. Tienes muchísimas más cosas que contarle a ese amigo reciente —neoamigo, lo llama— al que últimamente frecuentas todo el rato, que al amigo del alma con el que llevas un par de años sin verte, decía convencido, la conversación con el amigo que llevas tiempo sin ver está ya muerta, es como un camino que ha quedado cubierto por la maleza, da igual todo lo mucho y todo lo importante que te ha pasado en el tiempo que no os visteis, no hay por dónde empezar, el mar de silencio que se ha formado entre los dos es ya tan grande que es muy difícil no ahogarse en él, te va a costar conseguir que la conversación prenda como no hables de algo tan genérico como el tiempo, el fútbol o la política, pero al amigo novedoso, que aún no sabe nada de tu infancia y que no conoce la historia de tus desengaños adolescentes, le basta haber hablado contigo todas las mañanas los últimos seis meses en la cafetería de debajo de la oficina para poder sacarle punta a cualquier tema. Diego lo suscribió, pensaba en sus primos de Deba, en los amigos del colegio, solo Julián aguantaba en su vida con el paso del tiempo, porque no dejaban de verse todo el rato y bastó que le diera a Luis la razón para que Claudia dijera que eso era una tontería, que la semana pasada se había sentado en una cena con una amiga del colegio que no veía desde entonces y se había pasado tres horas hablando como si no hubiera pasado un día desde que terminara el colegio, y Paula estaba de acuerdo con Claudia, recordó a un exnovio adolescente de su hermana con el que coincidió en un avión y le contó que estaba a punto de dejar a su mujer, y toda su vida entera. Luis entonces trataba de enmendar su teoría con vehemencia, y decía que estaban hablando de personas que en realidad habían desaparecido totalmente de sus vidas y habían pasado por tanto a ser desconocidas, y que los desconocidos son un caso totalmente distinto, era mucho más fácil empezar a hablar con ciertos desconocidos que con personas que conocimos muy bien una vez y de los que la vida nos ha distanciado, por mucho cariño que conservemos hacia ellos.

Tres horas podrían ser eternas, no debía ir tan lejos a por una copa, iría mejor al puerto, pensó, compraría una botella de vino, o de cerveza, de lo que fuera, seguro que a ella le daba igual, celebraría la típica Mahou como algo exótico y se la beberían felizmente, flotando al fondo de la bahía, a diez minutos del puerto, no había aire ni corriente, y bastaría parar el motor del barco sin echar el ancla para quedarse un rato hablando sin preocuparse. No se toparía con nadie allí, no tendría que dar explicaciones a cualquiera de los veraneantes que seguramente encontraría en los sitios bonitos donde ponen copas decentes, y que en cuanto se alejara empezarían a preguntarse quién era esa hippy llena de tatuajes con la que Diego Olabe se tomaba un vino. Te has fijado en cómo se miraban: como se miran las personas que se han acostado juntas. Hablaban como hablan un hombre y una mujer que tienen mucho que contarse, lo decía siempre Julián, en un restaurante solo hay dos tipos de parejas, las que no tienen nada que contarse y las que todavía follan. En hora y media estaría de vuelta. No hacía falta llamar a casa, ni decir nada aún. Pararía en el puerto, pediría un vino y unos hielos en cualquier sitio y buscaría un rincón tranquilo de la bahía donde tomárselo que no quedara lejos del *Nepenthe*.

11

Ella esperaba con un sombrero de paja de ala ancha, un bolso de tela y un vestido blanco muy fino que le cubría las piernas. Al ayudarla a bajar de su barco para saltar al llaüt, le pareció que no pesaba nada. El hijo le tiró la crema de sol, se despidió de ellos con un leve gesto de la mano y un *see you*.

Pararía en el puerto a comprar una botella de vino, le dijo Diego, ¿alguna preferencia, blanco, rosado, tinto, champán? Ella le contestó que no se preocupara, no le sentaba muy bien el vino últimamente, con agua iba bien, sin gas y del tiempo. Esto no va a funcionar, no viene a divertirse. Su cara debió de delatar su temor, pensó Diego cuando ella dijo que media copa sí se la tomaba, la ocasión merecía un brindis al menos. Le gustaba ese barco suyo tan mediterráneo, *So cute,* repitió. El suyo era feo, de plástico o fibra o de lo que sea, en cualquier caso, de esos que fabrican industrialmente con un molde. No tiene la calidez de la madera, no tiene ningún detalle bonito, como ese madero que hay en la proa del tuyo. Es el tipo de barco que hace un paisaje marino más feo, dijo, pero es el que se podía comprar, solo le pedía que fuera suficientemente grande y cómodo como para poder invitar a amigos, y que a la vez resultara fácil de manejar por una sola persona, porque ella no tenía ni idea de llevarlo, su plan era no hacer absolutamente nada, lo hacía todo su hijo.

—Un muchacho increíble. He hablado un rato con él, me ha caído muy bien.

—Es el mejor —dijo ella con una enorme sonrisa.

—Hay algo en él que me resulta muy familiar.

Ya está, se lo has dicho, pensó, le clavó la mirada con gesto serio. Ella le aguantó la mirada, la sonrisa se le fue desdibujando, miró hacia el mar.

—¿En qué sentido?

—Espera.

Diego se acordó de una foto suya con Tomi, que le había mandado Julián hace poco, la foto de un día de verano hacía casi treinta años. Habían invitado a Julián a pasar unos días con ellos en esos veranos interminables en Deba, en que los primos que se habían criado en Madrid suplicaban a sus padres que les dejaran invitar a amigos de Madrid porque no eran capaces de congeniar con los locales. Cogió el móvil y la buscó en la carpeta de fotos. Allí estaba, él sin camiseta, con las piernas flacas, las rodillas abultadas, ese cuerpo fibroso, el pelo negro, el hoyuelo en la barbilla. Le pasó el teléfono para que la viera.

—Yo soy el que está sin camiseta. El otro es mi primo, el que se suicidó.

Ella cogió la foto y la empezó a agrandar, la observó un buen rato.

—Sí, es increíble... ¿qué puedo decir? —se encogió de hombros—: Al final voy a tener que tomarme más de media copa, verás —dijo con una sonrisa triste, y volviendo a la foto.

—Entonces...

—¿Entonces qué?

—¿Soy su padre?

El silencio fue largo. Diego buscó sus ojos, ella evitó mirarle, agachó la vista, se quitó el sombrero y estuvo un rato arreglándose su melena gris desordenada sin lograr poner orden alguno en su pelo.

—Solo en términos estrictamente biológicos —acertó a decir en un tono muy tajante que no le recordaba, y ahora sí le devolvió la mirada con sus dos ojos distintos, Diego sintió que de alguna manera había trazado una línea allí.

—De acuerdo, ¿pero entonces, en términos biológicos soy el padre?

—¿Necesitas más prueba que esta? —le dijo devolviéndole el móvil con su foto de chaval en la pantalla.

Diego se encogió de hombros.

—Con absoluta certeza. Me hice una prueba de embarazo nada más volver. Yo no tengo dudas. Y que quede claro, para que estés tranquilo: no quiero nada de ti, no espero nada de ti, nunca te he buscado, esto es pura casualidad... Demasiada casualidad... No quiero decirte que no me alegre de verte, pero está todo bien como está, dejémoslo así.

—¿No quieres saber más de mí? Mi nombre, al menos.

—Ya sé mucho de ti, me contaste toda tu vida, me enseñaste cómo eras... Y ahora estamos aquí juntos.

—¿Entonces no te cuento nada más de mí?

—Si quieres...

—He hablado con él, le he oído tocar la guitarra, me

ha enseñado sus dibujos, y... realmente me gustaría conocerle más. Quiero saber más. Es normal, ¿no?

Ella se acercó a él y le agarró una mano.

—*Baby*... Vamos primero a por ese vino, esto es muy loco.

12

Diego ni siquiera amarró el llaüt, pasó un cabo por la argolla de un atraque frente a la terraza de Sa Llagosta, donde pudo ver que aún había algunos comensales con copas y puros. Le dio el cabo a ella para que lo sujetara, vuelvo en cinco minutos, le dijo, a la vez que saltaba al muelle. No tendrían ningún problema en venderle una botella de champán, le prestarían una cubitera llena de hielos incluso, y le darían dos vasos de champán o copas de vino bueno, lo que les pidiera. Quizá champán no fuera lo apropiado, pensó antes de entrar al restaurante con paso rápido, sin fijarse en las caras de los últimos comensales y con la esperanza de que nadie le reconociera. ¿Qué alegre motivo de celebración justificaba un champán en realidad? El chico era increíble, sí, merecía la pena celebrar todo lo que era, su cuaderno, su manera de cantar, sus aspiraciones, pero todo eso no bastaba para evitar que su aparición provocara tarde o temprano que su vida familiar explotara en mil pedazos en el momento en que se supiera todo, porque inevitablemente se sabría todo: cómo vivir ocultando algo así a los suyos. No, de ninguna manera, se dijo paralizado una vez que estaba en el comedor ya vacío del restaurante, a resguardo de las miradas de aquellos que estiraban la sobremesa fuera, era una frivolidad imperdonable descorchar un champán en ese momento. ¿Qué le pasaba a aquella mujer además? ¿Por qué esa manera tan tajante de dejarle claro que él era padre solamente en un sentido biológico? Ese no era el comentario de alguien dispuesto a brindar con champán por ese rencuentro tan improbable con el padre de su hijo. En el momento en que ella le contestó así, él tendría que haberle soltado que si era padre en un sentido biológico, entonces también lo era en un sentido legal, y tanto en España como en Estados Unidos la biología engendra un derecho, el niño tiene derecho a su padre, o por lo menos lo tiene a su herencia, y quizás él lo tenga a su hijo, a saber su nombre al menos. No has estado rápido, piensa, eso es lo que tenías que haber dicho. *No quiero nada de ti, no espero nada de ti, está todo bien como está*. No, la cosa no estaba para flotar en medio de la bahía con un champán en una cubitera y dos copas, bastaban un par de latas de cerveza para aclarar lo que tocara aclarar, no hacía ninguna falta hacer una fiesta de aquella cagada, ella lo agradecería. Claramente aquella mujer quería mantener la distancia, estaba trazando la línea que no debía cruzar, no quería ni saber su nombre, estaba incómoda. Dos cervezas. Dos latas y una botella de agua. Es cierto que le había dado la mano con cariño al llegar al puerto, pensó, y también le había recibido con ese abrazo tan largo con el que había vuelto al tiempo en que la conoció, porque de su cuerpo no quedaba nada, se había derrumbado completamente, pero el abrazo quedaba, era el mismo abrazo, nadie lo daba tan largo, desde luego ninguna novia que él hubiera tenido, pensó, casi todo el mundo tiene una cierta prisa por quitarse del abrazo pasado medio minuto, pero ella se quedó respirando pegada a él, como si quisiera escuchar su cuerpo. *Stop right here and hug me*, le ordenaba en cualquier momento, mientras paseaban sin rumbo por aquel carnaval en el desierto donde ocurrían mil cosas a la vez, de día o de noche, ahora mismo dame un abrazo, pero así no, parece que estoy abrazando un árbol, suéltate, hazte a mi cuerpo. Descansa tu cuerpo en mí. Así. Siénteme respirar, no hables, no pienses. Después de dos días con ella era él quien le paraba espontáneamente para darse otro abrazo como ella le había enseñado, ya no había ni que decir palabras, aprendió cómo se hacía, y las tardes en que volvió a tomar M o cualquier otra cosa que ella le diera, tocarse con la mayor superficie posible sobre el cuerpo del otro era la felicidad absoluta, nada superaba eso. Champán, por qué no. Por supuesto que era champán lo que había que pedir, el mejor que tuvieran, para celebrar esos abrazos que pensó que jamás le volvería a dar nadie, que trató de llevarse a su vida de vuelta, se abrazó así con Claudia al volver, le dijo las mismas cosas que ella le dijo, suéltate, siente mi respiración, descansa tu peso en el abrazo, no pienses, pero Claudia se rio a carcajadas, se soltó y le contestó que ese rollo *new age* le daba un poco de vergüenza ajena, que si quería follar no hacía falta ese numerito, que lo del Burning Man le había hecho mucho daño, bromeó que quizá le convendría hacer terapia de vino, mus y chuletón con sus primos brutos de Bilbao. Diego pensó que quizás hiciera falta M para que Claudia entendiera el placer profundo de aquel abrazo, o aquellos hongos, pero pedirle a Claudia que se drogara hubiera sido casi tan violento como confesarle lo que había vivido. Champán.

Los camareros le conocían de sobra, no hubo problema para llevarse hasta la cubitera repleta de hielos, un par de copas de champán y una de las mejores botellas que tenían en la carta. Se la llevo yo al barco. No hace falta. Diego fue generoso con la propina, como siempre en aquel lugar, y caminó rápido hacia el muelle, donde ella esperaba sujetando el cabo con la mano.

—Olabe, dónde coño te crees que vas con esa botella. Era el tono áspero e inconfundible de Leopoldo Pita, que se estaba terminando un puro y un whisky en la terraza de Sa Llagosta, con las patillas de las gafas de sol hundiéndose en su cara gruesa y bulbosa, y aquella guayabera que no se quitaba en todo el verano, tendría diez iguales, con la tela empapada por cercos de sudor que se le pegaban a la panza.

—Nada, voy a sacar el barco.

A alguien te ibas a encontrar. Estaba claro.

Pita se levantó para darle la mano, y se fijó en el champán.

—Louis Roederer Cristal, joder... que no se respire miseria.

Diego trató de reírse, le salió un sonido que no era exactamente una risa, pensó. Que se vuelva a sentar, que no le siga.

—Solo dos copas... ¿paseo romántico con tu mujer? ¿Todavía os queréis? Qué bonito.

—Estoy con un cliente.

—Muy buen cliente tiene que ser, ya me dirás cuánto más tengo que meterle a tu fondo para que me saques una botella así y no los canapés infumables que nos disteis en la última junta...

—En mi fiesta te voy a poner un champán bastante mejor que este, y solo para ti.

—Qué cachondo eres, tu fiesta es el mismo día que el cumpleaños de la pesada de mi señora, que siempre se empeña en celebrarlo el mismo día. No perdona.

—Es igual... hacemos una comida rica en mi casa, así la veis.

Para qué le has dicho eso.

—Déjate, nada con mujeres, a mí me llevas en tu barco con una botella como esta y unas gambas y estamos en paz... Cuál es tu barco.

—Es el mismo llaüt de siempre, está por ahí al fondo. —Diego señaló a lo lejos, al final del puerto, más allá de la bahía, de la isla, al final del mundo.

—Dile a la tacaña de mi prima que te deje comprarte algo más digno, si te estás forrando.

Siempre lo mismo.

—Qué va. Te escribo para ver qué día salimos.

—Te acompaño a tu nave.

Pita echó a andar hacia el lugar que Diego había señalado. Un cliente. Eres imbécil.

—Ahí tengo el atraque... pero el llaüt lo he acercado.

Allí estaba ella, a escasos metros, tan cerca que se distinguía su sonrisa, sujetaba el cabo con la mano en alto, como si fuera una niña con un globo, la cicatriz con la raspa de pescado tatuada brillaba bajo ese sol. Pita se fijó en ella.

—¿Esa tía tatuada es tu inversor extranjero?

—Es su mujer, él está en su velero… le estoy haciendo de auxiliar.

—¿Y no tiene vasos en su velero?

—De champán no tiene…

—Pero sois tres, te falta una copa. —Pita se bajó las gafas de sol y le sostuvo la mirada, conteniendo la risa—. ¿Me acerco a por ella? A ver si se va a quedar alguien sin brindar.

Ciérralo con una sonrisa cómplice.

—No hace falta.

No digas más.

—Claro que no. Empieza a pensar en el champán al que me vas a invitar.

Pita le dio una palmada en la espalda y siguió caminando mientras sorbía lo que le quedaba de puro junto al muelle. Pedirle que no dijera nada hubiera sido mucho peor, pensó Diego mientras le miraba alejarse. Qué iría pensando ese asqueroso. Joder con Olabe, iba de santo, y nos ha engañado a todos, a mi prima para empezar. Qué pronto lo soltaría en una de sus sobremesas interminables, os acordáis cuando se cerró el fondo, que fuimos a cenar y le dijimos que de postre unas chicas para celebrar el *deal*, y él diciendo que aquí yo no pinto nada, celebrad como queráis. Tan digno él, tan puro, y luego allí estaba en el muelle, que si la mujer de un inversor decía, que el marido estaba fondeado por ahí, que le llevaba unos vasos porque no tenía vasos en su barco, bochornoso, tenías que ver a la tipeja que tenía en su llaüt, toda llena de tatuajes, una pinta de pirada. Mira qué rápido le ha perdido el miedo a mi prima ahora que él también tiene su dinero.

Caminó los diez pasos que le separaban de su llaüt y

al ver la sonrisa tranquila con la que ella le esperaba, volvió a sonreír. Qué más da lo que dijera Pita, pensó, si al final todo se va a saber.

Champán.

13

Esquivó a un grupo de niños aburridos que estaban dando clase de vela en minúsculas embarcaciones que apenas se movían por la falta de viento. Llevó el llaüt hacia donde no había nadie ya, a un rincón desierto y poco atractivo del fondo de la bahía, en el que solo se escuchaban las chicharras. Por el camino le dijo a ella que había pedido el mejor champán que tenían, no cualquier champán, y antes de terminar la frase se sintió ridículo diciéndolo. Ella le dijo que le quedaba claro que se había dejado una fortuna, pero que era un desperdicio porque ella solo se iba a mojar los labios, lamentablemente no podía beber alcohol, le sentaba muy mal. Diego le dijo que el champán bueno no le sienta mal a nadie, y ella le contó entonces que su problema era que tomaba una medicación que no podía mezclar con alcohol, si lo hacía en cinco minutos se quedaría como un vegetal.

—¿Me estás diciendo que voy a tener que beberme yo toda la botella?

—Nadie te obliga, pero un brindis sí lo acepto.

Diego descorchó la botella y dejó al corcho volar y

caer en el mar. Sirvió las dos copas, y se quedó mirando sus ojos un momento, sin saber muy bien por dónde seguir, ni qué quería de esa conversación, de esa mujer, de ese adolescente. La miraba a los ojos tratando de aclarar cuál debería ser su objetivo y solo le venía el asombro de tener de nuevo esos ojos de colores tan improbables delante, los mismos que estuvieron apareciendo en sueños durante años, en la oscuridad de tantos despertares tempranos, cuando los pensamientos son aún confusos, y no se aplican a anticipar todo lo que el día traerá, sino que aún discurren libremente, dando forma a un deseo que anda descontrolado por una imaginación que a esas horas tiene aún la viveza de los sueños. Esos ojos que había olvidado ya, que le habían dejado de visitar en la oscuridad de su cuarto, estaban de nuevo ahí delante, y aunque quedaba muy poco de la belleza que su memoria le atribuía a esa mujer, no podía olvidar las horas que había pasado mirándolos con asombro, la manera en que habían hecho el amor sin retirar los ojos hacia ninguna otra parte del cuerpo, sin cerrarlos, gozando de ese mirarse en silencio, de ver el deseo en su cara, de sentirse mirado mientras gozaba.

—No sé muy bien por qué brindar… —dijo con una risa que casi se confundió con un suspiro—. Haz tú este brindis.

—Tampoco hay que tenerlo todo claro siempre, menos en una situación tan rara… lo importante es que estamos aquí brindando.

Ambos brindaron, Diego tardó poco en beberse la copa, ella dio un par de sorbos muy cortos, saboreó el poco champán que dejó pasar a su boca con gesto de placer. Realmente está muy bueno, proclamó. Diego se sirvió otra copa rápidamente, seguía sin saber qué debía hacer, qué decir. Bebió media copa de un sorbo. Adelante, tira sin miedo.

—Me llamo Diego. Diego Olabe. Soy español, me acabo de hacer una casa de verano aquí en Menorca, está en el interior de la isla, no muy lejos de este puerto... todo queda muy cerca en Menorca.

Diego dio otro sorbo y se quedó mirándola, esperando una reacción, ella siguió en silencio, con un gesto sereno, no parecía que le hubiera alterado esa revelación. Cogió su copa y la vació en la copa de Diego con una leve sonrisa, y luego abrió su bolso para sacar una cajetilla metálica donde había varios porros de marihuana perfectamente liados.

—Alcohol no puedo, pero esto me sienta bastante bien.

—¿Te sigo contando?

—Como tú quieras.

—Soy ingeniero... eso es lo que estudié, luego hice un MBA en Barcelona y me contrataron en un banco en Londres, allí pasé varios años, trabajaba mil horas al día pero fueron los mejores años de mi vida. Conocí a mi mujer allí. Se llama Claudia y sigo casado con ella. Luego volví a Madrid, que es donde vivo ahora y donde he nacido, aunque mis padres son del País Vasco, y seguí un par de años en ese banco. Tuve a mi primera hija, se suicidó mi primo Tomi, te conocí, y justo después me salí del banco para montar un fondo de energías renovables. Fue muy mal, perdimos todo el dinero que nos habían dado, pero aprendimos mucho y ya el siguiente fue algo mejor, y luego hicimos otro que fue muy bien, vinieron los mellizos, y me ha seguido yendo bien hasta ahora. Muy bien. Vivo casi todo el año en Madrid, pero el verano lo paso aquí y luego tengo otra casa en los Pirineos, donde voy en invierno a esquiar. Esa es mi vida más o menos.

Diego apuró su copa y se quedó esperando respuesta. Ella dio una calada profunda a su porro, retuvo el humo en sus pulmones un rato y después dejó escapar una nube densa y azulada, acompañada de un par de toses.

—*Good for you.*

Diego se volvió a llenar la copa.

—¿Quieres saber más?

—Ya lo has contado todo: eres un banquero con tres casas y tres hijos.

—Cuatro hijos.

—No. Tienes tres.

—Pero ese es mi hijo, ¿no? —dijo señalando en la dirección del *Nepenthe*.

—Biológicamente, pero ser hijo es otra cosa, ¿no? Es un tipo de relación, y aquí no hay ninguna relación, así que mejor no hablar en esos términos.

Ella miró hacia la costa y volvió a dar una calada, la sonrisa se le había ido hacía un rato y sus ojos no le buscaban.

—Lo que te he querido contar no es que tengo tres casas y que soy banquero, no soy así de imbécil, o quizá sí, pero en todo caso lo que quería decirte es que me va bien, que soy una persona de fiar, tengo una familia sólida y creo que no se va a romper por que cuente que me ha pasado esto, será duro para ellos pero lo vamos a arreglar, es un chico increíble… ¿cómo se llama?

Ella no contestó, siguió mirando a la costa un rato, con un gesto algo turbado y sin fijar la vista en nada. Luego se volvió para ofrecerle el porro. Diego le dijo que no quería, él iba a seguir con el champán, la mezcla de ambas cosas seguramente le sentaría mal. Ella golpeó con la uña del índice la brasa del porro, comprobó que estaba apagado, se guardó la colilla en la caja. Le miró con una cara que le pareció de una tristeza enorme a pesar de su esfuerzo por volver a enseñarle una sonrisa. Cogió un poco de agua de mar con la mano y se la pasó por la cara y el pecho para refrescarse.

—Ahora me toca a mí contar… a ver qué te cuento, cómo te lo cuento.

Suspiró mientras buscaba las palabras, volvió a coger agua del mar y a refrescarse, el vestido mojado se le pegaba al cuerpo y Diego notó la forma de sus costillas.

—Esto no va a sonar bien, pero no quiero que te lo tomes mal. —Agarró la mano un momento a Diego, que le ofreció una sonrisa para darle a entender que estaba todo bien, que siguiera el relato.

—Yo tenía un plan, desde el principio, y en mi plan no volvía a ver nunca más al hombre que me dejara embarazada. Y aquí te pido que me perdones.

—¿Que te perdone por qué?

Diego no fue capaz de alargar la sonrisa, pero trató de evitar un gesto severo. Ella parecía buscar las palabras con la mirada en sus pies, luego levantó la vista y le apretó la mano algo más.

—Yo no he tenido buena suerte con los hombres… suerte tampoco es la palabra, no era cuestión de suerte. No sé. No estoy hecha para relaciones largas, me agotan, me dan claustrofobia, no puedo vivir con una persona y compartir el baño, la cama, el armario, todo, y sentir que ya no tengo nada mío, que todo es compartido, y luego ver cómo nos vamos decepcionando el uno al otro, cómo se me va yendo la ilusión, que a mí por lo que sea se me acaba siempre muy rápido, y después todo ese lío de tener que deshacer el hogar que uno ha intentado montar durante años... Yo desde luego no puedo, nunca me ha durado una relación más de año y medio, ese es mi récord. Y algo sé de esto porque llevo encadenando relaciones desde la adolescencia, sin parar, porque tampoco sé estar sola. Pero en fin, es como soy y lo tengo aceptadísimo desde hace muchos años, con treinta y dos años, que es cuando te conocí, yo tenía claro que eso no iba a cambiar jamás, ya lo dijo un filósofo —se señaló una frase que tenía escrita en griego debajo del antebrazo izquierdo—: El carácter de un hombre es su destino. No me preguntes de quién es, es una de esas citas que ves por ahí y se te quedan... Y luego otra cosa que tenía muy clara es que quería ser madre, y la única manera que se me ocurría para mí era ser madre soltera. No quería tener un padre para luego acabar mal con él y tener que compartir un hijo, y vete tú a saber las cosas que le diría de mí al hijo, los reproches, las negociaciones de custodia, que si me voy a vivir a Ohio y quiero al niño cerca: no, eso no lo quería en mi vida. Tampoco quería ir a un banco de semen. Me daba mucho asco pensar en un depósito lleno de corridas de tíos que se han hecho una paja viendo porno, y que me lo metan en mi vagina con una inyección... No, eso no, eso me parece asqueroso... Yo quería que mi hijo fuera concebido con amor, en un momento bonito, que fuera de una persona que realmente me gustara, alguien a quien había visto y escuchado y olido y tocado, porque de verdad quería que mi hijo fuera hijo del amor. Entonces se me ocurrió que en el

Burning Man seguro que encontraba a alguien que me gustara para quedarme embarazada, y fui allí sola, con ese objetivo, y me inventé todo eso de no decirnos los nombres ni de dónde éramos ni nada que nos identificara para asegurarme de que si me quedaba embarazada, jamás volvería a ver al padre, y te escogí a ti. Y el plan se cumplió como lo había pensado... Hasta hoy. Este encuentro no estaba en el plan, claro. Créeme que la idea era ahorrarte cualquier preocupación... Y esto es todo lo que te puedo contar.

Diego se soltó de su mano y bebió lentamente de su copa, en realidad no sabía qué decir, porque tampoco sabía qué pensaba, ni qué debía sentir. Una voz le pedía que se indignara, le aseguraba que había sido utilizado y engañado, otra voz interrumpía ese pensamiento para convencerle de lo contrario: él había sido el escogido de entre tanta gente en el festival. Los paseos agarrados, todos esos abrazos, esa manera de despertar juntos mirándose en silencio un rato largo, tantas conversaciones sobre lo más íntimo o lo más efímero, ella le quiso, todas esas cosas no se pueden fingir. O quizás eran las pastillas que le dio, y no hubo amor. Se lo acababa de decir muy fríamente: todo era producto de una estrategia, si a ella no se le hubiera salido la cadena de la bici delante de él y Diego no se hubiera parado a arreglarla, el padre habría sido cualquier otro. Ella iba con un plan, venía a elegir un semental en ese rebaño y él fue el pardillo que cayó en sus lazos. Cierto, pero te abrazó cuando lloraste por fin, te recogió del suelo, te secó las lágrimas, te cuidó, te dio otra visión, te quitó la culpa. Te estaba seduciendo, iba con un plan, no hay como escuchar atentamente para seducir. Jamás has hecho el amor con nadie como esos días con ella. Aunque estabas drogado, en realidad era eso, y el sitio, la circunstancia, no era amor. ¿O si era? Ambas voces se desautorizaban la una a la otra, anulaban sus argumentos. Diego no conseguía articular respuesta.

Ella volvió a agarrarle la mano suavemente, le acarició la palma con su pulgar, le buscó con sus ojos. Esta vez era él quien rehuía la mirada, se fijó en el agua del mar y dejó que el enfado se sobrepusiera a todas las otras voces. Te ha engañado, pensó, aunque te haya tratado con amor, tuvo la frialdad de mantener un propósito oculto hasta el final, toda esa cosa loca de no decirse el nombre, que supuestamente había leído en un foro de internet, todo era una gran mentira para salir de aquel festival embarazada. La miró con un gesto duro, ella le aguantó la mirada con serenidad, parecía resignada a aceptar lo que viniera.

—Me utilizaste —acertó a decir, y le retiró la mano.

—No te lo puedo negar.

Diego se alejó de ella y se apoyó en la borda del llaüt. Pasaron un tiempo callados, solo le acudían a la mente frases muy desagradables, un torrente de palabas que bajaban con rabia hasta su lengua, y allí las frenaba antes de que tomaran voz. Se concentró en el ruido de las chicharras, dio un sorbo del champán y lo mantuvo en la boca para sentir las burbujas estallar en la lengua.

—Enhorabuena por tu actuación, me creí todo ese *bullshit* de no decirse los nombres... Y para mí fue muy real, yo me volví enamorado... Y ahora me entero de que el plan era buscar semen. Me siento un imbécil.

—No lo digas con esas palabras. Para mí también fue real.

Diego la miró haciendo un gesto exagerado de incredulidad. Se sirvió más champán.

—Me he gastado trescientos euros en este champán, de verdad que no puedo ser más patético. —Se le escapó una risa amarga.

—Te lo pago. —Metió la mano en su bolso en busca de la cartera.

—Deja, no quiero dinero.

—No nos vas a volver a ver, no te preocupes.

—¿Tú crees que voy a volver tranquilo a casa sabiendo que hay un hijo mío por ahí? —dijo Diego alzando la voz, marcando su enfado sin intención ya de suavizarlo y clavándole los ojos—. ¿Qué tipo de persona crees que soy?

—Creo que es mejor si miras esto de otra manera: ni a él le falta un padre ni a ti te falta un hijo. La paternidad es un vínculo que se construye, y vosotros no tenéis relación, y como no hay relación, no hay abandono por ninguna parte. Así que quédate tranquilo. Solo es un hecho biológico que acabas de descubrir de manera fortuita. Intenta verlo así.

Diego trató de relajar esa mirada severa que ella le aguantaba con gesto sereno. Buscaba una manera de abrirle un camino a sus pensamientos que le alejara del enfado. No era allí donde quería estar. Se repitió lo último que le había dicho, dejó de resistirse a la posibilidad de que ella tuviera algo de razón. Era buena hablando de sentimientos, pensó, sería psicóloga, psiquiatra, algo así. Lo explicaba con tanta precisión... La gente no habla así, no analiza con esa honestidad las relaciones. Como cuando le hizo repensar lo de Tomi, sacudirse esa culpa que no se le iba, perdonarle, perdonarse. Solo por eso debía tratar de no enfadarse, pensó, debía intentar verlo como ella proponía: *ni a él le falta un padre ni a ti te falta un hijo.*

—Estoy intentando mirarlo como dices.

—Yo creo que es lo mejor para todos, ¿no crees?

Ella se le acercó y se sentó pegada a él, se apoyó en su hombro.

—No lo sé.

—Claro que lo sabes. Sería un desastre pensarlo desde otro ángulo.

—No lo tengo tan claro. Llevo toda la tarde imaginándomelo...

—Y cómo te lo imaginas.

—Llego a casa, se lo suelto a mi mujer, a mis hijos también, claro, es su hermano, lo deben saber. Hay gritos, mi hijo llora, de repente ya no es el único hombre, hay otro mayor, eso le jode. Martina me insulta, me dice las cosas más terribles. La pequeña no dice nada, nunca dice nada, que es peor aún. Mi mujer se va al cuarto, se encierra, no me contesta, luego sale con todo pensado ya, con un plan, que no se entere nadie, que ellos no te pidan dinero, que no le quiten nada de lo que prometimos que era para nuestros hijos, esto es mi problema y a partir de ahí me castiga, me castiga más de lo que me castiga ya, me manda a otro cuarto a dormir, me hace la vida imposible, no me perdona, pero no se va de casa, ni me dice que me vaya... Y como así no se puede vivir, yo me acabo yendo de casa, porque así no quiero vivir, así no se puede vivir... Eso es lo que creo que pasaría.

—Pues entonces, está claro lo que tienes que hacer: te terminas esa copa, te vuelves, no dices nada en casa y evitas todo el drama.

—No. Es que a lo mejor es bueno que pase todo eso... A veces quiero que todo se vaya a la mierda. Cada vez más. Y ahora por fin hay una buena razón para que todo se acabe ya.

Diego bebe el champán que queda en su copa. Ya está, ya lo has dicho. Ahora sí que se veía capaz, pensó. Ella se apartó y le miró muy fijamente.

—Basta con sentir que lo quieres mandar todo a la mierda para mandarlo todo a la mierda. Créeme, yo lo he hecho mil veces. No necesitas a mi hijo de excusa.

—Dime a qué te dedicas... Pero en serio, me lo debes. —Diego se sirvió otra copa—. Seguro que eres psicóloga o algo, a que sí.

Ella empezó a reír a carcajadas. Diego se contagió de su risa, se quedó enganchado a su mirada. Le pasó un brazo por la cintura, notó el final de su columna y el hueso de su cadera. Sintió un escalofrío, dónde se había ido toda la carne. Quedaban los ojos, eso no había cambiado. Quédate con eso.

—En serio, dímelo, ¿a qué te dedicas?, ¿qué eres?

—Qué más da lo que haga.

—Psiquiatra, filósofa, algo de eso, está claro.

—Te voy a decepcionar mucho.

—No me puedes decepcionar.

—Soy heladera.

—¿Cómo?

—Heladera, *baby*, hago helados... Me parto, filósofa...

Empezó a reírse a carcajadas, repetía lo de psiquiatra y filósofa como si fuera el chiste más gracioso que hubiera oído. Hundía su cabeza en el pecho de él mientras trataba de recomponerse de una risa que ya le salía apenas sin sonido. Diego se negaba a creerla, no le iba a tomar el pelo dos veces, ya no iba a caer en otra de las suyas. Ella insistía, en la medida en que la risa le permitía hablar, trataba de coger aire y se lo juraba por todo: soy heladera.

—Empecé estudiando Humanidades, y en el primer año de carrera hice todo tipo de trabajos y al final acabé haciendo helados para un restaurante. Me inventaba sabores rarísimos, leche de guisante, helado de aguacate, a la gente le encantaban, muchos solo iban al restaurante por los helados, el chef acabó desesperado, me odiaba, los clientes que pedían por teléfono para llevar solo querían que les mandaran helado, pasaban del resto de la carta. Al final monté mi propia heladería y me fue tan bien que tuve que dejar la universidad, no tenía tiempo para estudiar. No terminé ni el segundo año, o sea, no soy ni psicóloga ni nada. Pero he inventado treinta y siete helados diferentes, con sus recetas. Tengo nueve heladerías ya, en tres estados. Bueno ya no. Las vendí esta primavera, me he quedado con una participación pequeña para pagar la universidad de mi hijo.

—Ah... eso lo explica todo. Has hecho tu *cash out,* te has comprado un velero y estás viviendo la vida.

—Sí, esa era la idea. Vivir la vida.

Diego la miraba perplejo, volvió a entender por qué le había gustado tanto esa mujer, a pesar de lo mal que le habían tratado los años. Ella se acurrucó de nuevo en el hombro de Diego y le agarró la mano. Diego levantó la copa en alto, como si brindara con alguien, y dio un trago. Heladera. Se preguntó si el helado de leche de guisante sería verde. Heladerías en tres estados, pensó, Washington, Oregón y California, seguro, quería buscarlas ya, ver el logotipo, los sabores, la carta, saberlo todo de ellas.

—Te he dicho mi nombre, te toca decirme el tuyo.

—Para qué —le dijo secamente.

—Porque quiero llamarte por tu nombre.

Ella se quedó callada un rato, le soltó la mano a Diego y le volvió a mirar de frente, muy seriamente, como cuando quería que le escuchara con atención, y Diego ya no podía mirarla sin imaginarla ante un mostrador lleno de helados de todo tipo de sabores exóticos, a ese chef desesperado porque sus clientes solo pedían los helados en los que él no tenía mano ninguna. Leche de guisante, qué es leche de guisante, ¿será verde, blanca?

—Prométeme que no vas a decirle nada a mi hijo, nunca.

—No entiendo qué es lo que te asusta de mí.

—Me asusta el daño que pueda sufrir mi hijo.

—Pero cómo crees que le voy a hacer daño, si me ha parecido el chico más increíble que he conocido.

—Le harás daño sin querer... Saber que tiene un padre y que ese padre no puede hacer de padre hace daño.

—Eso no sería así.

—También hace daño saber que es una persona no deseada por el resto de una familia, sentir que es un hijo de segunda clase, el accidente, un bastardo.

—Yo no tengo hijos de primera y de segunda clase.

—En el tiempo que hemos estado aquí me has contado que tienes tres casas, que ganas mucho dinero y que este champán es el mejor que hay. Y de verdad me alegro por ti, no te juzgo. Pero yo no quiero que mi hijo viva pensando que tiene un padre rico a miles de millas de su realidad, un padre que se siente culpable de no poder hacer de padre y que lo único que puede hacer es solucionarle la vida con un cheque cuando las cosas se compliquen... porque en realidad eso es lo único que puedes hacer.

Diego trató de responder rápidamente a eso último, pero no consiguió armar una frase entera en su mente. Se le apagaban las palabras en la boca. No conseguía rodear el muro que aquella mujer levantaba con sus razones por ningún sitio. La miraba ahora en silencio, convencido de todo lo que ella le había dicho, dispuesto ya a entregarse a cualquier cosa que dijera. Sentía una admiración creciente por aquella mujer que había inventado treinta y siete helados distintos, que había criado a ese chaval sola. Se imaginó haciendo el resto del viaje con ellos hasta Estambul en ese pequeño velero, apretado en un colchón de espuma, se saltaría su propia fiesta, tiraría el móvil al agua, no volvería a pisar Menorca en todo agosto, en toda la vida quizás.

—No le diré nada a tu hijo, puedes estar tranquila.

Diego selló el pacto con una sonrisa y le dio la mano.

—Me llamo Amy.

—*Hello, Amy.*

—*Hello, Diego* —dijo Amy, y le entró una risa que pronto se le contagió a Diego. Volvió a repetirlo, esta vez en español:

—Hola, Diego.

—Hola, Amy.

Las risas acabaron en carcajada, se miraron el uno al otro, entre risas.

—*Ciao, Diego.*

—*Ciao, Amy.*

—*Bonjour, Amy.*

—*Bonjour, Diego.*

—*Hallo, Diego.*

—*Hallo, Amy.*

—Hola, Diego.

—Hola, Amy.

Amy le abrazó, y Diego le apretó fuertemente entre risas, le acarició los hombros, la espalda. Sintió sobre su omoplato un plástico, lo vio brillar por el cuello del vestido, al inclinar su cabeza sobre los hombros de Amy. Era transparente, debajo se veía la piel de Amy quemada por el sol, y sobre el plástico unas letras verdes pequeñas que sin sus gafas apenas podía leer, reconoció una efe, una e, el número 25, ya sabía lo que era, el padre de Claudia llevó en la espalda uno igual en sus últimos meses. Levantó la cabeza y no lo miró ya más, se quedó congelado en ese abrazo, apenas podía llenar los pulmones para respirar. Ya estaba claro dónde se había ido toda su carne. Ella seguía riendo.

—Hola, Diego —dijo con una voz de dibujos animados, entregada ya al absurdo.

Diego no podía responder. Quería decir algo pero su pensamiento se había atascado en esa visión del parche, sus ojos empezaron a inflamarse, tenía un hormigueo en la nariz, notó una lágrima cayendo por la mejilla. No, no, no, aguanta, páralo.

—¿Qué te pasa?

—Eso es un... es un... —No sabía decirlo en inglés, se lo tocó.

—*Transdermal fentanyl patch... Good shit, baby.*

La respiración se le iba entrecortando. Intentó no hacer ruido, recuperar el control de sus pulmones, pero el cuerpo entero le empezó a temblar y ya no respondía a sus órdenes. Amy le abrazó más fuerte. Eso era.

—Perdona —lo repitió dos, tres veces, cuatro, perdió la cuenta, ya no sabía si era esa la palabra que quería decir ni por qué la decía, pero tampoco encontraba otra, y necesitaba una palabra en la boca para no perder el habla, para no entregar su voz a todos los ruidos inesperados que produce el llanto. Perdona. Perdona.

Amy se soltó repentinamente de él y le empujó con fuerza hacia atrás. Diego no consiguió mantener el equilibrio y cayó de espaldas, según se iba al agua vestido oyó las carcajadas de Amy, que siguió riendo cuando sacó la cabeza de nuevo. Ella se quitó el vestido por encima de su cabeza y se quedó con un bikini negro que revelaba un cuerpo en el que se marcaban todos los huesos, apenas tenía pechos, la piel del vientre le colgaba, se tiró al agua de cabeza con energía y dio varias brazadas buceando hasta aparecer delante de Diego con una sonrisa. Esa fuerza no era la de alguien que se estuviera muriendo, pensó, pero se está muriendo.

—Esto lo llamo el efecto caniche mojado. Se me pega el pelo a la cabeza y ya sin el volumen del pelo me quedo en nada... esta mierda de enfermedad me ha dejado sin tetas —dijo con una sonrisa triste.

Diego le miraba los ojos absorto, cómo podía haberse olvidado de esos ojos, pensó. Ya podía sonreír y controlar el gesto, el mar le había descongestionado la nariz. Todo le sabía a lágrima, el mar entero, no sabía ya si aún lloraba.

—Te voy a decir una cosa: alégrate de que pudiste agarrarme las tetas cuando tenía tetas —dijo, y volvió a reír.

—Tenías unas tetas increíbles. Y el coño más bonito que he visto.

—¿Te parece?

—Absolutamente. El sexo contigo es el mejor que he tenido en mi vida... Me costó años dejar de pensar en ti. Cada vez que follaba, cerraba los ojos y pensaba en ti.

—Y qué te hizo dejar de pensar en mí.

—No sé. Lo poco que follo, probablemente.

Ambos rieron juntos.

—Bueno, por lo menos te has hecho rico, no te quejes.

Amy se puso a nadar con unos brazos que eran dos palos, las rodillas eran casi más anchas que sus muslos escuálidos, tenía buen estilo, iba en una línea recta perfecta. De dónde saca la fuerza, pensó Diego, no le quedaban músculos, ni grasa, pero su voz, su gesto, el ímpetu con el que esa mujer se conducía no se habían perdido, persistían. Debe de estar todo en la cabeza, pensó, y la miraba nadar con admiración. Amy dio media vuelta y volvió nadando hacia él.

—Qué caliente está el agua, es una maravilla, me podría pasar horas así —dijo antes de sumergirse.

Buceó los últimos metros, salió del agua frente a Diego, con una sonrisa.

—Se va a derretir todo el hielo de los polos y se van a morir de calor todos los peces, pero ahora mismo estamos en lo mejor del cambio climático, este es el mejor momento del planeta... Menos mal que yo no estaré aquí para ver todo lo que viene.

—Pero ¿qué es lo que tienes?

—Cáncer de ovarios... no hay síntomas al principio. Cuando me lo detectaron ya estaba por todas partes, me dijeron que quizá con mucha quimio y cirugía podría vivir algo más, pero yo creo que lo mejor es ponerse un parche de estos y aprovechar muy bien lo que quede.

—¿Y te han dicho cuánto?

—Uf, quita... prefiero no saberlo. Tengo claro que voy a llegar a Estambul, ese es mi único objetivo ahora.

—¿Y luego?

—No sé. Veremos cuántas fuerzas me quedan cuando llegue... Me encantaría ir a la India con mi hijo... Quiero viajar con él hasta que no pueda más.

—Y después... ¿qué pasa con él?

—Volverá a casa, terminará el instituto... No va a tener ningún problema. Lo tenemos todo organizado.

Amy se quedó flotando, tumbada boca arriba con los brazos en cruz y recibiendo el sol en la cara con los ojos cerrados, como si lo estuviera abrazando. Diego no conseguía encontrar en ella rastro alguno de la angustia que ella le provocaba. En qué puerto moriría, si es que no moría en medio del mar. En Olbia, en Split, en Corfú, en Catania, en Siracusa, en Tracia, en un puerto caótico, donde aquel niño tendría que gestionar él solo los trámites funerarios con un funcionario inmisericorde que le extraería hasta el último euro, todo sería un infierno burocrático, con Amy en una bolsa de plástico quién sabe dónde, el barco retenido en un puerto, el hijo deshecho de tristeza, en estado de total confusión, incapaz de planificar la manera de volver a Seattle.

—No tendría por qué ser huérfano... yo podría...

Amy no le dejó terminar la frase, le puso las manos en la cabeza y le hizo una aguadilla.

—No sigas con eso. Tiene a mis padres, a mi hermano, a mis amigos, a sus amigos. Hay mucha gente que le quiere. Va a estar bien.

Lo dijo con una convicción tan absoluta que Diego dejó de dudarlo. Luego se alejó nadando, dio la vuelta al llaüt.

Diego se imaginó al hijo comiendo en el comedor de su casa de Madrid, con esa melena negra, el aro dorado en el lóbulo de la oreja, una camiseta de alguna banda de música, no sabiendo distinguir entre la pala de pescado y el cuchillo de carne, totalmente desconectado de la escasa conversación que sus hijos eran capaces de ofrecerle, incapaz de atraer a nadie a su fascinación por la música, por la fusión nuclear, por los mapas antiguos en cuyos márgenes hay dragones, por las cosas que aún no se entienden. Vio a Claudia tratando inútilmente de disimular la desaprobación con la que miraría sus greñas, el pendiente, los modales en la mesa de aquel hijo de su marido que alimentaba los humillantes cotilleos de todos. Qué poco podía ofrecerle a aquel chaval.

Amy volvió nadando hasta él.

—He pasado un buen rato con él mientras dormías, me ha contado todas las cosas que querría ser.

—No te creas nada, cambia de opinión cada día.

—Me gustaría despedirme bien de los dos... ¿Os puedo invitar a cenar?

—Yo es que no ceno, me tengo que fumar una libra de marihuana para que me entre un poco de hambre... pero vamos, a Tim le hará ilusión comer algo rico.

—¿Tim?

—Mi hijo.

—Tim.

—Tim.

14

No te lo vas a creer: me he encontrado con estos amigos americanos, están de paso en barco, casualidad extrema, no me mates, pero creo que me quedo a cenar con ellos. *Tenemos una cena con Paula.* Ya, ya lo sé, pero se va a quedar diez días, es que estos se van mañana. *Quiénes son.* Pues es que creo que no los llegaste a conocer. Unos de Seattle muy simpáticos que veía bastante cuando estaba en el Lloyds, hace mil años, no sé si tú estabas ya, se fueron de Londres justo cuando llegabas. *Y claro, son más importantes que Paula, que justo nos quería invitar a cenar esta noche.* La llevamos mañana a Sa Llagosta, reservo ya. *Mañana tenemos cena en casa de los Ortiz.* Pues otro día, no van a faltar días. *Haz lo que te dé la gana, pero no me dejes sin coche.* Pues es que estoy con ellos en el barco, no les quiero hacer volver. *Le he prometido que la recogía, no le voy a hacer coger un taxi ahora: te vuelves.* No hagamos un drama de esto, le pido un taxi y se lo pago, no me hagas hacer volver a esta gente al puerto justo ahora. Aquí es donde Claudia colgaría, pensó.

Sería mejor si vuelve a casa, le deja el coche a Claudia,

coge la bici eléctrica, en menos de una hora estaría otra vez con Amy. Tampoco es ningún drama tener que coger un taxi, Paula lo entenderá. Claudia no lo entenderá. No, ahora no puedes volver. Así mejor: oye, a ver: no quiero que te enfades, me he encontrado de pura casualidad con esta gente que no veo desde Londres y me voy a quedar con ellos a cenar, pero ya lo tengo todo solucionado: voy a mandarle un taxi a Paula, ya lo he hablado con el taxista, te puede incluso recoger si quieres ir al aeropuerto. Y luego ese mismo taxi os espera y os lleva luego a cenar, no tienes que hacer nada, está todo organizado, os dejo hacer una cena mano a mano para que te lo pueda contar todo bien y cenamos pasado mañana en Sa Llagosta, que lo tengo ya reservado. Mal.

Mejor: amor, no te vas a creer lo que me acaba de pasar: estoy secuestrado. Me he encontrado a Tim, un pieza que estaba conmigo en Londres y no me deja irme de su barco, estoy retenido, no puedo hacer nada, me va a quitar el teléfono, me dice. Me obliga a cenar con él y su familia esta noche, ya le he dicho que me ibas a matar. No, eso no, pensó, Martina sabía que había visto a una del Burning Man, demasiados encuentros casuales en un mismo día, mejor un cliente, no le conoces, un catalán, pesadísimo, no me dejaba irme, esto lo tengo que hacer. De verdad. Por ahí mejor. Se sirvió un poco más de champán antes de coger el teléfono para llamar a Claudia, miró a Amy con una sonrisa y se llevó una mano a los labios para indicarle que no hablara. Amy sacó el porro que había apagado antes y se tumbó boca abajo en proa para secarse al sol.

—Hola, amor.

—Pero dónde andas. —El tono. Mal.

—Me ha pasado una cosa increíble. —No te va a salir.

—Sabes que Paula llega en menos de una hora, ¿no?

—Sí, sí, voy a mandarle un taxi.

—Pero si ya te he dicho que voy a ir yo a recogerla.

—No, ya... pero es que me he encontrado con unos amigos de Londres que...

—No me jodas, Diego, si te lo he dicho. —No, no, Londres, no.

—Es un catalán que estaba en Londres, ahora ya está en Barcelona.

—Que me da igual. —Mal.

—Es que es cliente, un tío muy pesado, me quiere enseñar su barco.

—Le he prometido que iba a por ella. La quiero cuidar, ya sé que tú eso no lo entiendes, el cliente es lo primero y lo demás te la suda, pero quiero el coche.

—No me la suda, Claudia, pero es que con esto tengo que quedar bien, Paula lo va a entender.

—No lo voy a discutir. —Claudia colgó. Estaba claro. Y todavía no le has dicho que no cenas con ellas. Diego suspiró, vas a tener que devolver el coche, pensó. No merece la pena esa batalla, piensa, mejor volver en bici eléctrica, encargar un arroz con langosta y comerlo en el velero, a salvo de cualquier mirada.

Amy fumaba sin prisa, contemplaba la brillante superficie del mar con enorme atención, como si leyera un libro. Todo le parecía bien, el arroz con langosta o la boloñesa que Tim le había preparado al mediodía y que apenas había probado, lo que fuera, pero siempre mejor quedarse en el *Nepenthe*, ella caería dormida muy pronto. La tradición judía dice que no es de noche hasta que se pueden contar tres estrellas, dijo, y yo cuando cuente la tercera me voy a dormir, no aguantaré mucho más, le advirtió dejando escapar lentamente una bocanada de un humo muy denso que le tapó un segundo la cara como un velo efímero. De repente le apeteció fumar, se preguntó en alto cuándo fue la última vez que le había dado una calada a un porro, hacía años, eso seguro. Habría sido con su amigo Julián, el que le llevó al Burning Man, esas cosas siempre eran con Julián. Pero cuándo fue.

Se acercó a Amy y le pidió el porro, Amy se lo pasó. Dio un par de intensas caladas y le devolvió el porro. No más, Dieguito. Era mejor no pasarse, aún tenía que devolver el coche y anunciarle a Claudia que no cenaría con ellas, había que alargar calculadamente la entrega del coche para llegar en el minuto exacto en que ella tuviera que irse al aeropuerto a por Paula, no dejarle un solo minuto para la pelea.

—Había una canción que ponías en tu furgoneta, una muy larga, casi toda instrumental, creo que era de los Grateful Dead, la escuchamos mil veces, cómo era… cómo se llamaba…

—¿Te acuerdas? —dijo con una risa, y alargó el brazo para sujetarle la mano, le acarició los dedos. Esa manera de agarrar la mano, pensó, y cerró los ojos para imaginarla con todo su cuerpo, toda su carne, tal y como la conoció hace años.

—La intenté encontrar al volver a casa y nunca pude, esa banda tiene cientos de discos. No la he vuelto a oír.

—«Dark Star»… La puse mil veces en ese viaje. Es de un directo que se llama *Live Dead*. Es la mejor música que se ha hecho para estar fumado, esta noche lo ponemos.

—Antes de que salgan las tres estrellas.

—*Sure*.

15

Antes de arrancar el coche encontró «Dark Star» en Spotify y la puso a todo volumen. Reclinó el asiento, se puso las gafas de sol que guardaba en la guantera y se concentró en la música, las guitarras le llevaron pronto a alzar el vuelo, sentía un cosquilleo en todas sus extremidades, el pensamiento gaseoso, ascendiendo en mil direcciones e incapaz de posarse en nada, el tronco de plomo, hundiéndose en el mullido asiento de cuero. Sujetó con fuerza el volante, como quien se agarra a un salvavidas para mantenerse a flote. Las primeras notas de la canción eran confusas, cada uno de los instrumentos parecía ir hacia una dirección, sin construir nada juntos, el bajo se imponía sobre los demás sin estructurar ni los cimientos de una canción ni dibujar melodía alguna. Diego se preguntó si era esa la canción que tantas veces escucharon en la furgoneta, lo dudó con cierta desesperación, no le sonaba nada, ni siquiera parecía una canción, no era esta la música de aquellos días a los que quería volver ahora con urgencia. Pasó dos minutos de angustia, nunca volvería a esa furgoneta, nunca, y de repente los instrumentos se empezaron a coordinar, empezaron a crear el espacio, la atmósfera en la que por fin apareció un punteo de guitarra que ascendía en ese caos inicial, ahora sí: esa era la música. Subió más el volumen. Imagina que esa guitarra es una nave espacial, le decía ella la tarde que le hizo comer unos hongos secos, de color ceniza, que sabían a papel mojado. Al cabo de un tiempo toda la furgoneta se convirtió en un caleidoscopio que giraba con cada vuelo de esa guitarra, las cortinas respiraban vivas, eran pantallas donde sus ojos proyectaban dibujos geométricos que no dejaban de cambiar de forma, animados por la progresión de la música. Ella desnuda le abrazaba, le besaba todo el cuerpo y le pedía que le hiciera el amor con esa canción que volvía a poner una y otra vez hasta que Diego ya no sabía cuándo empezaba y cuándo acababa, ni si el tiempo avanzaba o se había quedado atrapado para siempre en un bucle, y él desnudo ya no sabía tampoco dónde acababa su cuerpo y dónde empezaba el de ella, sentía que al entrar en ella se deshacía absorbido en un nuevo cuerpo en el que se habían fusionado, y a veces le resultaba aterrador y otras le llenaba de un gozo desbordante que teñía sus pieles de rojo y de púrpura.

Se sorprendió cuando entendió que acababa de frenar frente a la verja de su parcela. Había llegado a su casa de manera automática, no había visto el paisaje ni la carretera, no recordaba nada del trayecto, comprobó que había estado viajando dentro de esa canción durante los últimos diecisiete minutos y que aún faltaban seis minutos para que terminara. Y solo fueron dos caladas, pensó. Mejor dejar el coche con las llaves puestas y coger la bici eléctrica sin decir nada, le mandas un mensaje cuando estés fuera, tenías que irte corriendo, te estaban esperando en el puerto. No, eso era peor. Miró su reloj, mejor quedarse a terminar de escuchar la canción, esperar fuera a que Claudia salga con prisas. Entró hacia el aparcamiento cubierto, quería escuchar el resto de la canción, pero ya no podía sumergirse en ella otra vez, no podía viajar con ella a la furgoneta porque solo pensaba ya en qué le iba a decir Claudia cuando le viera fumado, ¿lo notaría? Y qué diría cuando le dijera que no iba a cenar, era preferible decirlo después de volver al barco, con un mensaje, no volver a mirar el móvil en toda la noche. El teléfono sonó: era Claudia.

Diego se quedó mirando la pantalla del móvil, pensando si cogerlo o no, pero antes de decidir nada se estrelló contra una columna que sujetaba la cubierta bajo la cual se aparcaba. Lo hizo con tanta fuerza que derribó la columna, la cubierta cayó sobre el parabrisas, agrietándolo, y el airbag se infló. Diego se palpó: no se había hecho daño. Bajó del coche y un ataque de risa le poseyó. Era una risa irreprimible. Claudia salió de la casa con el rostro desencajado, mirando el coche, la columna derribada y la cubierta caída. Se llevó las manos a la cabeza. Ya no la puedes cagar más, Dieguito.

—¿Cómo has hecho esto? ¡Te has cargado el coche y la cubierta!

Diego quería contestar algo pero no le salían las palabras, el gesto severo de Claudia le provocaba aún más ganas de reír. Se retorcía de risa. Mientras trataba inútilmente de calmarse le hacía un gesto con la mano para que esperara, como queriendo decir, espera, que ahora te cuento, pero no podía contarle nada porque la risa no se le iba, se había extendido desde su boca por todo el cuerpo. Todo él era risa.

—¿Pero qué coño te pasa? ¿Estás borracho? —Aguanta la respiración si hace falta. Para.

Se tapó la boca.

—Es que justo me has llamado y... —No pudo decir más, las carcajadas le volvieron a estallar sin control alguno. Sentía hasta lágrimas cayéndole.

—¡Estás completamente borracho!

—Perdona. —Es la única palabra que pudo introducir entre un ataque de carcajadas y el siguiente.

—¡Eres subnormal! ¡Y ahora a ver qué coche encontramos aquí en agosto! ¡Lo vas a encontrar tú, ahora mismo!

Diego asentía incapaz de hablar, se acercó a Claudia para darle un abrazo pero ella le apartó violentamente, cosa que le hizo reír más.

—No te acerques.

Claudia sacó el móvil y puso un mensaje de voz.

—Paula, perdona, el imbécil de Diego acaba de estampar el… —Claudia borró el mensaje, mientras Diego hacía lo posible por taparse la boca y sofocar la risa, como quien trata de cortar una hemorragia—. Por favor, vete lejos, donde no se oiga tu puta risa que no tiene ni puta gracia… ¡Vete!

Diego se fue a por la bici eléctrica, no se puso ni siquiera el casco y pedaleó hacia la verja mientras Claudia grababa el mensaje de nuevo, le dijo a Paula que por favor tomara un taxi. Diego sintió que se le pasaba el ataque mientras pedaleaba.

—Pero ¿espera?, ¿que encima te vas?

—No te preocupes, yo me encargo de esto.

Diego accionó el mando para abrir la verja.

—Tú no te vas sin arreglar esto.

—Claudia, que yo no puedo arreglar un coche.

—Eso ya lo sé, Diego, pero te quedas hasta que consigas otro coche.

—Me están esperando... Yo me encargo de conseguir un coche, y de arreglarlo todo, tú no te preocupes.

Pero vete ya. Diego dio una pedalada en falso, se le escurrió el pie del pedal y casi se cae de la bici. Le volvió a entrar la risa. No, por favor, ahora no. Vete ya.

—¿Pero qué te has tomado?

—Yo me encargo de todo, no te preocupes —creyó decir Diego mientras pedaleaba y aumentaba la potencia del motor eléctrico para huir lejos de la mirada de Claudia.

—Venga, sí, llama a tu secretaria, que ya sabemos cómo te encargas tú de las cosas.

Eso era exactamente lo que iba a hacer, pensó mientras se incorporaba a la carretera. Había prometido no llamar a Pilar en vacaciones. Quién estaba en la oficina, pensó. Cómo se llamaba la otra chica. Mejor a Pilar, pidiéndole mil perdones antes. Le haría un regalo. No, Claudia podía esperar, pensó. No era como para llamar a la pobre Pilar. Había taxis, la nevera estaba llena. Nadie se iba a morir de sed ni de hambre. Todo se podía solucionar con un par de llamadas. Realmente no existía otra urgencia que la cena en el *Nepenthe*, acabaría muy pronto, en cuanto apareciera la tercera estrella, dijo Amy. Mañana se habrían ido y poco después ella moriría. Frente a la contundencia de aquel hecho, todo lo demás daba bastante igual.

Paró para echarse encima la poca agua que quedaba en el botellín de plástico de la bici. A esa hora de la tarde el sol aún pegaba con fuerza y no había ni rastro de ese viento con el que el día había arrancado. El sonido de mil chicharras aumentaba la sensación térmica. No volvería a ver a Amy, se repetía con cada pedalada. A Tim, quién sabe, seguramente tampoco. Una congoja se apoderó de él, pedaleó todo lo rápido que pudo, con la potencia de la bicicleta eléctrica al máximo, como si acelerando pudiera escaparse de una pena que ya había sofocado esa risa alocada que le había poseído. Se imaginó navegando con ellos a Italia, acompañando a Amy hasta su final, cuidándola, Tim estaba feliz de haber encontrado a su padre y se pasaban todo agosto y todo septiembre recorriendo el Mediterráneo en ese pequeño velero, parando donde les apeteciera, cuando ella estuviera demasiado cansada subirían a un hotel un par de días, pensó en todos los hoteles que conocía en Italia, los sitios donde había comido, siempre con Claudia, y ahora sacaba de ahí a Claudia, deseaba no haber ido nunca con ella a esos sitios, para que fueran sitios a los que llegaba por primera vez con Amy, y de repente el cáncer de Amy lo tenía Claudia, era su mujer quien moría, no había apenas agonía, era un cáncer fulminante, rápido, prácticamente indoloro. Tras la muerte de Claudia él pasaba un tiempo de duelo, llevaba ya casi un año muerta, el tiempo suficiente como para que cuando Amy llegara por sorpresa, de la misma manera en que había llegado esa mañana pero absolutamente sana, sus hijos se alegraran de aquel encuentro. Todos se hacían amigos esa mañana en el café, se la llevaba a comer a su casa después, y esa misma tarde ella decidía quedarse unos días con Tim, y al final todos los secretos se descubrían sin ningún resquemor, papá ya no estaría solo, reharía su vida con una mujer tan increíble. Tim estaba feliz de haberse encontrado con un padre y unos hermanos, Amy se quedaba con él hasta el final del verano y entonces les proponían a los niños ir juntos un año a vivir a Estados Unidos, lejos de todo lo que conocen, de sus vidas, en un sitio lleno de bosques, de naturaleza, aprenderían a hacer helados de sabores sorprendentes. Tim enseñaba a los mellizos a hacer vela, Gonzalo aprendía a tocar la guitarra. Él vendía todo lo que tenía, hasta la casa de Menorca, solo se quedaba con un pequeño piso en Madrid para ir en Navidad a ver a sus padres.

Empezó a ver las primeras casas de Ses Salines, estaba ya muy cerca de Fornells, la cara le ardía de calor y el sudor ya le había traspasado toda la ropa. Había matado a Claudia, pensó con angustia, había elaborado ese deseo, no lo había cortado al instante, se había entregado a esa fantasía. Sintió horror por haber dado voz a ese deseo que hubiera hecho mejor en silenciar inmediatamente. No era su muerte lo que anhelaba, se corrigió a sí mismo como si hubiera gente escuchando sus pensamientos y tuviera que dar una explicación: simplemente querría no tener que volver a oír cada día y cada hora que Yamilé ha dejado el pescado seco, que la antorcha no mide un metro veinte, que es a ella a la que le toca fijarse en que el interruptor no funciona, en que hay humedades en el cuarto de servicio, que la buganvilla que ha traído Julián no se agarra a la pared. Qué le había pasado a Claudia en todo ese tiempo, había conservado su belleza mientras a su alrededor a sus amigas se les caía la cara o el culo, había logrado llegar a lo más alto en su trabajo, tenía por fin esa casa de la que siempre habían hablado, los tres hijos que se propuso tener, y por el camino, no tenía claro cuándo ni por qué, se había transformado en esa mujer insoportable y enfadada que ahora le llevaba a preguntarse qué era lo que alguna vez le enamoró. O quizá no era ella la que había cambiado, pensó, quizá fuera él quien se había convertido sin saberlo en la persona que sacaba lo peor de ella, ¿no la adoraban sus amigas, no la llamaban para invitarla siempre a todo, no se reían con sus comentarios los que se sentaban junto a ella en cualquier cena? Qué les había pasado. Era incapaz de contestarse.

16

Amy celebró la llegada de Diego con el arroz. Le sacó mil fotos: una cena que llega navegando en un barquito de madera por una bahía mediterránea solo puede saber mejor, dijo casi cantando. Tim ayudó a Diego a dejar el llaüt abarloado. Además del arroz, Diego traía una ensalada de tomate y un vino blanco en la misma cubitera donde aún quedaba algo de champán y en la que había metido muchísimo hielo. Mientras Tim instalaba una pequeña mesa en proa, Diego les presentaba los platos y explicaba su procedencia como si fuera el jefe de sala del restaurante donde los había encargado: ese era uno de los mejores arroces de España, que era como decir uno de los mejores arroces del mundo, y la langosta no era de vivero, no, la habían sacado del mar hacía un par de días, aquí en aguas de la isla. El vino era su blanco español favorito, el tomate era de huerta, también de la isla, no necesitaba nada más que sal y un chorro de aceite, era un prodigio, un tomate de verdad, no como los que comen en Estados Unidos. Amy le abucheó. *Boring*, dijo suspirando, ya estamos con el tópico de que en Estados Unidos no sabemos comer, esto es muy típico del sur de Europa, nunca hemos visto un tomate de verdad, ¿de dónde creéis que vienen los tomates?, le preguntó. Ella había tenido huerta en casa toda la vida, le dijo, ahora que viven en Seattle ya no los plantaban, pero cuando vivían en California tenía tomates todos los años, sin pesticidas, lo que más le divertía era construir espantapájaros, los suyos eran terroríficos, daba miedo estar solo con ellos en el jardín, le divertía casi más hacer los espantapájaros que cultivar sus tomates, y al llegar los meses de calor conseguía tomates del tamaño de su cabeza, y de todas las formas y los colores, y en verano los llevaba al Carmel TomatoFest, había años que llegó a ver cuatrocientas variedades de tomates en el festival, y allí encontraba siempre semillas nuevas para seguir probando tomates nuevos hasta encontrar el tomate perfecto, y todos los años conseguía cosechar uno mejor.

Se sintió inmensamente estúpido tratando de vender la excelencia de ese tomate que Tim probó inmediatamente y alabó con entusiasmo, de los mejores que había probado, aseguró. Amy se excusó, no conseguía tener hambre, lo probaría en cualquier momento, perder el apetito era, junto con el dolor constante, la mayor maldición de esa enfermedad. La vida solo tiene un motor, que es apetito y deseo, deseo de vivir, de ver, de probar, de comer, dijo, a ella le faltaba ya el de comer, apenas le cabía ya nada, le satisfacía más el recuerdo de sus tomates que un buen tomate en el plato, pero lo probaría, después de fumar un par de caladas.

Se sacó de una cajita un porro que tenía a medio fumar y le pidió a Tim que pusiera música. Diego le recordó que iban a escuchar «Dark Star», pensó en contarle el incidente que había tenido con su coche tras escuchar esa canción de vuelta a su casa, pero no quería llevar su ánimo allí donde tarde o temprano tendría que volver y se encontraría una batalla.

Amy prefería algo más tranquilo, le dijo, algo sin letra, algo amable, que se mezclara con las chicharras al fondo, algo que no pidiera atención ni entrega. Esa noche era para hablar. Qué tal Lester Young, propuso. Diego no sabía quién era. Te va a gustar, dijo ella, todo era siempre más alegre y dulce cuando Lester Young sonaba de fondo. Tim le puso a su madre lo que pedía. Pronto un saxofón de melodías limpias empezó a flotar en el ambiente, y a enmarcarlo todo como una escena de película con beso y final feliz.

—¿Por qué se llama Nepenthe? —preguntó Diego mientras se servía una copa de champán.

—Es el nombre de un restaurante muy famoso en Big Sur, que está colgando sobre un acantilado, con unas vistas increíbles del Pacífico. Muy cerca de donde vivía de niña.

—¿Le has puesto a un barco el nombre de un restaurante?

—Pues la verdad es que podría haberlo hecho solo por eso, en parte es por eso, Nepenthe es un sitio mítico, por ahí han pasado todos los *beatniks* y Henry Miller y Kerouac... ya sabes, toda esa gente.

Diego trató de poner cara de que ya sabía, pero no fue capaz de retener ninguno de esos nombres.

—Pero el barco no se llama así por el restaurante... es por lo que significa la palabra «nepenthe». Un día mi padre le preguntó al dueño qué significaba el nombre, y nos contó que venía del griego antiguo. Quiere decir anti-dolor, era una sustancia que tenían los griegos que si la tomabas se te iban todas las penas. A mí es que se me olvida todo, pero cuando le propuse a Tim que lo llamáramos así, él buscó de dónde salía.

—De la *Odisea* —dijo Tim terminando de engullir un tomate—. En la parte en la que está Telémaco buscando a su padre y llega a casa de Menelao justo el mismo día de la boda de los hijos de Menelao y de Helena de Troya, y claro, es muy deprimente ponerse a hablarle a Menelao de la guerra de Troya en medio de esa fiesta, que ha perdido a su hermano, a todos sus amigos, encima la guerra empieza porque su mujer le puso los cuernos, imagínate, no era plan de sacar el tema allí, pero Telémaco quiere saber qué ha pasado con su padre y Menelao empieza a acordarse de todo con mucha tristeza, y entonces Helena, que ve que eso va a acabar muy mal, sin que se den cuenta les echa *nepenthe* en el vino, y ellos se quedan felices, de subidón, y se ponen a hablar de todo lo que pasó en la guerra, pero bien, sin drama, sin fastidiarle la fiesta a nadie.

—Exacto. Eso es lo interesante del *nepenthe*, que no es una droga para olvidar lo que te duele, al revés, es algo que uno se toma para poder hablar de todo lo triste en medio de la fiesta…

—Me encanta. Ojalá tuviera un poco de *nepenthe* para echarle a esta copa.

—Ya lo tienes, si es que el *nepenthe* es cualquier cosa, ese champán, el porro, un abrazo, la canción que suena.

—Pues vamos a aumentar la dosis.

Diego se sirvió un champán y le preguntó a Amy si podía servirle una copa a Tim. Pregúntaselo a él, dijo Amy, más le vale aprender pronto lo que puede beber y lo que no. Tim se encogió de hombros y Diego le insistió para que probara un poco, era un champán realmente bueno, le dijo. Tim dio un sorbo, pareció gustarle, le preguntó qué es lo que hacía bueno a un champán. Diego no supo responder inmediatamente. Qué sabía él de champán, pensó, qué sabía él de tomates, de la *Odisea,* qué sabía él de nada. Amy le miraba esperando una respuesta, con una sonrisa insolente, a Diego le pareció que estaba lista para atacar en cuanto dijera una tontería. Di la verdad, es lo único que te va a salvar. No había manera de impresionar a esa mujer, pensó, le devolvió la sonrisa con la misma insolencia.

—A ver cómo te lo explico... Yo sé que este champán es bueno porque es muy caro, en realidad no tengo ni idea de champán, sé que es seco, no dulce, no sabe a frutas, y eso me gusta, pero realmente lo que me gusta es que es muy caro, y te lo digo así porque tu madre me está mirando con esa cara y va a desmontar cualquier estupidez que diga, así que te voy a decir la verdad y nada más que la verdad: lo que me gusta de este champán, además de que es seco y está frío y tiene burbujas, es la idea de que he pagado mucho para beber algo que es especial, y a lo mejor solo es especial porque es el más caro de la carta, pero es una bebida que hace que todo sea especial por eso mismo, porque al pagar mucho por ella quieres que todo sea especial, y yo en esta cena quiero que todo sea especial, y esta estúpida botella que probablemente cueste mucho más de lo que vale me ayuda a creer que todo en esta noche es especial, que estamos celebrando algo, es como ponerse un esmoquin, supongo, ¿para qué sirve? Para distinguir la ocasión, nada más y nada menos, y lo mejor de todo es que el champán nos permite brindar.

Diego elevó la copa entre carcajadas de Tim y de Amy, que incluso aplaudía y ahora sí, le miraba entregada y le pidió que le sirviera una gota, lo mínimo suficiente para brindar con ellos.

Diego se sintió divertido, capaz de hacer reír a esa mujer y a Tim, que comía con avidez de aquel arroz con langosta. Lo mejor que habían comido en todo el viaje, aseguraba con ambas manos sucias de trabajarse los grandes trozos de langosta que encontraba. Amy probó el tomate y el arroz después de haber dado unas caladas a su porro, se sirvió una cantidad minúscula y estuvo un largo rato saboreando los pocos bocados que entraban en su boca. Admitió que el tomate estaba rico, podíamos hablar de un buen tomate, podría estar entre los mil mejores tomates que había probado, quizás incluso entre los mejores quinientos, por qué no. Pero el arroz. Confesó que era probablemente el mejor arroz de algo de mar que había saboreado, no podía hablar de comer, porque eso que hacía ella no era comer ya. Quizás era incluso el mejor arroz de cualquier cosa que había tomado. Quería que le guardaran algo para el día siguiente, por las mañanas tenía más hambre, ahora ya no le cabía nada de nada, y el sueño se le venía encima con cada cosa que entraba en su boca. Advirtió de que le quedaba ya poca batería ese día, pronto se tendría que ir a la cama. Diego le recordó que aún no había salido ni una estrella en el cielo, era pronto, el sol aún tenía un breve trecho hasta ponerse. Amy le miró con cariño, le agarró la mano y le sostuvo la mirada con esos dos ojos tan extraños, es mi cuerpo el que manda, *baby*, dijo, hay que escuchar al cuerpo, no puedo hacer otra cosa. Aguantaría hasta que terminaran de cenar, le dijo, y luego cantarían la canción de antes de dormir, siempre cantaban una canción antes de dormir, esa era una de las reglas de aquel viaje. Él podía cantar también, es más, dijo, debía cantar con ellos dos, todos los invitados de ese barco estaban obligados a cantar.

—Canto fatal, y además no me sé ninguna letra. —No llores, no se te ocurra llorar.

—Da igual, lo importante es cantar juntos, y además todas las letras están en internet.

—¿Pero cuál es la canción de ir a dormir? —Diego sintió una congoja que le cerraba la garganta, le pesaba como un plomo en el pecho, no iban a llegar ni a la primera estrella.

—No sé, vamos cambiando... tú piensa en una que te guste, una que sepamos todos.

—La que quieras, yo te la saco —dijo Tim con la boca llena de arroz y escarbando en la cabeza de la langosta.

Diego se fijó en el porro que Amy había dejado a medias en un cenicero.

—¿Puedo fumar?

—Pero a cambio de que escojas una canción. —Amy le pasó el porro y el mechero.

Qué canción, escoge bien, porque nunca la vas a olvidar, pensó. Dio una inmensa calada. Le entró una tos y dejó el porro en el cenicero otra vez. Le picaba toda la garganta. Dio un buen trago a lo que quedaba de champán.

—No sé... De verdad, es que no me sé muchas canciones, soy malísimo para las letras. Decid una vosotros, yo solo quiero una que te guste a ti.

—Vamos a repetir la de ayer, seguro que la conoces —dijo Tim, y empezó a limpiarse las manos.

—¡Sí! —dijo Amy con un entusiasmo que ya solo estaba presente en la voz, sus ojos se estaban cerrando y se reclinaba cada vez más somnolienta hacia atrás, como si se estuviera derritiendo.

—Voy a por la guitarra.

En cuanto Tim se metió en el barco, Diego se levantó como un resorte y le dio un beso en la boca a Amy, que abrió los ojos sorprendida y le agarró con una mano por el costado, le apretó, le clavó las uñas y después relajó la mano y le acarició con ella. Diego se soltó en cuanto oyó los pasos de Tim volviendo.

—Te quiero —le dijo a Amy en un susurro.

Ella le miró con una gran sonrisa.

—No se te ocurra olvidarme —le dijo.

Tim salió con la guitarra y se sentó entre los dos, cerca de su madre, le acarició el pelo y le dio un beso en la mejilla. Ahora vas a cantar, no vas a llorar. Tim afinó un poco las cuerdas.

—Esta se la sabe todo el mundo, «In my life», de los Beatles —dijo Tim.

—No sé cuál es.

—*Of course you do. There are places I'll remember...* —cantó ella a capela.

Tim tocó la melodía del principio con la guitarra. Claro que sabía cuál era. La había escuchado mil veces. Cogió el móvil para buscar la letra, y vio que tenía once mensajes de Claudia sin leer. No, ahora vas a cantar. Ahora solo vas a cantar.

Tuvieron que repetir tres veces la canción hasta que Diego se hizo con ella completamente, con todos los cambios, con los coros, y a la cuarta vez pudo llenar de intención cada verso, y pasarle la mano por la espalda a Amy mientras las palabras salían de su boca ya sin tener que pensarlas: *but of all these friends and lovers, there is no one compares with you.*

Cuando terminó la canción Amy se puso de pie, le dio un beso en la frente a Tim y después otro a Diego en la mejilla, seguido de un largo abrazo. Diego la agarró con fuerza, queriendo envolverla entera, soldarse a ella, mantenerla viva con sus propios órganos. Después de un tiempo que Diego no supo medir, se separó un poco, le sujetó los hombros con sus manos y le sostuvo la mirada con una sonrisa muy leve.

—Las bienvenidas largas y las despedidas cortas. Buenas noches.

Le volvió a besar en la mejilla y se fue al interior del barco sin mirar atrás un solo momento. Vete ya, Dieguito, no lo estires ni un minuto más.

17

No había aún tres estrellas en el cielo cuando Diego llegó a su casa, pero las chicharras ya habían dejado de sonar, una brisa nueva traía algo de frescor y ahora eran los grillos quienes anunciaban la llegada de la noche. Su coche seguía en el mismo sitio, tal y como lo dejó, empotrado en la columna partida, y la cubierta del aparcamiento, parcialmente hundida, apoyada sobre el parabrisas agrietado. Oyó el rumor de una conversación que llegaba desde la terraza del jardín, eran Paula y Claudia. No acertaba a oír de qué hablaban, por la velocidad de las palabras y por sus entonaciones supuso que estarían hablando con fervor de algo o de alguien que las enfadaba, pero de repente las dos estallaron en carcajadas. Quizá no estuvieran enfadadas, qué sabía él de su mujer, pensó. Caminó con sigilo hacia la casa para no encontrarse con ellas.

Los mellizos veían una película absortos y comían una pizza precocinada. Se quitó los náuticos y logró llegar sin hacer ningún tipo de ruido hasta las escaleras que daban al sótano sin que le vieran. Allí, entre las cajas de antorchas, de ginebras, de tónicas, de velas, sillas plegables y demás objetos para la fiesta, encontró en un rincón las cajas donde estaba el telescopio. Las abrió todas, sacó las instrucciones y empezó a montarlo. Esa noche miraría las estrellas.

«Hasta que un día sales
y esos matices cambian y vuelve
la capacidad de ver, y todo el tiempo
acude a ese instante.»
ALEJANDRO SIMÓN PARTAL